LOCUS

LOCUS

LOCUS

LOCUS

to

fiction

to 76

垃圾男孩

TRASH

作者：安迪・穆里根 Andy Mulligan

譯者：周沛郁

責任編輯：江怡瑩 美術編輯：蔡怡欣

校對：呂佳真

法律顧問：董安丹律師、顧慕堯律師

出版者：大塊文化出版股份有限公司

台北市105南京東路四段25號11樓

www.locuspublishing.com

讀者服務專線：**0800-006689**

TEL：(02) 87123898　FAX：(02) 87123897

郵撥帳號：18955675　戶名：大塊文化出版股份有限公司

總經銷：大和書報圖書股份有限公司

地址：新北市新莊區五工五路2號

TEL：(02) 89902588　FAX：(02) 22901658

初版一刷：2012年6月

初版十三刷：2019年7月

定價：新台幣 250元

Printed in Taiwan

TRASH

垃圾男孩

安迪・穆里根 Andy Mulligan 著
周沛郁 譯

第一部

1

我叫拉斐爾．費南德茲，是垃圾場的孩子。

人家老是說：「在那些廢物裡翻來翻去，誰曉得會發現什麼！你可能今天就出運啦。」我跟他們說，「老兄，我會找到什麼，我自個兒清楚得很。」我也知道大家找到的是什麼，因為我在這兒辛苦了那麼多年（十一年），能找到什麼，我還不心知肚明嗎？不過就是些「濕都帕」，而這個詞的意思呢，在我們的話裡指的就是人的屎（如果有冒犯到你們，不好意思）。我不想掃了別人的興，我不是來掃興的。不過，我們親愛的城市裡，有不少東西得來不易，大部分的人都沒有馬桶，也沒有自來水。所以大便只能找地方解決。這座城裡的人大都住在箱子裡，箱子都疊得高上天。上廁所的時候就拉在一張紙上，然後包起來放進垃圾袋裡。一袋袋垃圾都聚到一塊兒；城市各處，垃圾裝上推車，再從推車裝上卡車、甚至火車——這城市製造的垃圾量鐵定超乎你的想像。垃圾一堆又一堆，而所有的垃圾最後都來到我們這兒。卡車和火車永不停歇，我們也是。爬來爬去，挑來揀去。

這兒人稱「畢哈拉」，是廢物之鎮。三年前還設在煙山，不過煙山狀況太糟，他們不得不關閉那邊，把我們一路遷到畢哈拉。這裡垃圾成堆，告訴你啊，堆得像喜馬拉雅山一樣高；可以不斷地爬下去，不少人還真這樣爬……爬上、爬下，爬進谷裡。不過我住的地方，就是城裡的米田共最後落腳之處。垃圾山從碼頭蔓延到沼澤，是一大片垃圾臭氣蒸騰的長形世界。而我是其中的一個拾荒男孩，翻找著這城市丟棄的東西。

有人問我：「可是你一定有找到有趣的東西吧？偶爾會吧，不是嗎？」

這裡不時有人來造訪，主要是些教會學校的外國訪客。教會學校是多年前成立的，後來就一直開著。這種時候，我總是面帶微笑，說：「先生，偶爾啊！太太，偶爾啊！」

但我的意思其實是沒有，從來沒有——因為我們找到的幾乎都是濕都帕。

我會跟嘉多說：「你找到什麼啦？」

嘉多會跟我說：「小子，你覺得呢？」

而我清楚得很。一包看起來像包了什麼的有趣東西，啊哼？你一定想不到！是濕都帕；而嘉多在衣服上擦擦手，繼續小心前進，希望找到能賣的東西。我們不論晴雨，從早到晚都在爬垃圾山。

想來瞧瞧嗎？早在畢哈拉出現在你的視線之前，臭味就已竄進你的鼻子了。這兒應該有兩百個足球場大，或大概一千座籃球場大——我不曉得：垃圾場看來似乎沒有盡頭。而我也不曉得其中有多少是濕都帕，不過運氣不好的日子似乎十之八九，而你這輩子都得費勁地走過其中，呼吸著那味道，睡在旁邊——欸……或許哪天你會找到「好東西」。最好是。

結果，有一天，還真給我找到了。

打從我不用幫忙就能行動、會撿起東西開始，我就是拾荒男孩了。才多大啊？——三歲，我就在撿垃圾了。

讓我來告訴你們，我們在找什麼吧。

我們找的是塑膠，因為塑膠可以一斤斤快速換成現金。白塑膠最好了，全堆成一堆——再來是藍塑膠。

還有紙，要的是又白又乾淨的紙，所以我們會設法把紙弄乾淨、晾乾。還有厚紙板。

錫罐——或任何金屬物都好。還有玻璃，只收玻璃瓶。任何種類的衣料或破布

——有時能找到T恤、長褲、包著什麼的一點布袋。我們這兒的孩子穿的半數是自己找到的東西，不過找到的大都堆起來、秤重賣掉了。你該瞧瞧我打扮起來迷死人的樣子。我穿的是截短的牛仔褲、一件過大的T恤，陽光太熱的時候可以捲到頭上。我不穿鞋——一來我沒鞋子，二來我們得用腳去感覺。教會學校從前大力推動讓我們有靴子穿，可是大多數孩子都把靴子賣了。其實垃圾軟得很，而我們的腳硬得像蹄子。

橡膠不錯。上星期我們才從不知哪裡收到反常的一批舊輪胎。男人先跑過去，把我們趕開，輪胎一來就被搶個精光。堪用的輪胎可以換半塊錢，壞掉的輪胎可以拿來壓你家的屋頂。我們也有搶到那批速食，其中可有一點眉角了。東西不會送到我和嘉多附近，而是跑到遙遠的末端，由大約一百個孩子揀出吸管、杯子和雞骨頭。所有東西都被挖起來、清理然後裝袋——好傳到過磅的人手裡秤重、賣掉。接著放上卡車、載回城裡，就這麼繞一大圈。走運的日子我能賺到兩百披索。不走運的日子，大概五十吧？所以只好天天這麼過活，祈禱不要生病。我們的人生就是拿在手裡翻攪垃圾的鉤子。

「嘉多，你找到什麼啦？」

「濕都帕。你呢？」

打開紙一開。「濕都帕。」

我還是得說：我是個穿短褲的拾荒男孩。我通常和嘉多一同工作，我們倆的工作速度很快。有些小孩和老人只會掏呀掏，滿以為什麼東西遲早都會被挖起來——而即使在濕都帕之中，我也能一下就掏出紙和塑膠，所以我的表現還不錯。嘉多是我的夥伴，常照顧我，我們總是一起合作。

2

所以，該從哪裡說起呢？

從我不幸的幸運日，世界風雲變色的那一天嗎？那天是星期四。我和嘉多在上面一個吊車輸送帶旁。那些機器大得很，靠著十二顆大輪子上下山丘。它們把垃圾運進來，推到高得幾乎看不到頂，再傾倒下來。它們處理的是新垃圾，很危險，千萬別在附近工作。否則垃圾會兜頭而下，守衛也會試圖趕你走。可是如果靠近不了垃圾車，又想搶第一，那可就非常危險了；我知道有個男生就因為那樣少了隻手臂——但話說回來，上到輸送帶那裡非常值得。垃圾車卸貨時，推土機把垃圾全推到輸送帶那裡，你坐在山頂上，然後垃圾就朝你而來。

我們就在那裡，大海盡收眼裡。

嘉多十四歲，跟我一樣大。瘦得像鞭子一樣，手臂很長。他比我早七個小時生在同一張床單上，至少人家是這樣說的。他不是我兄弟，不過就像兄弟一樣，他總是知道我在想什麼，感覺怎樣——甚至知道我要說什麼。他比較大，所以我都任他擺布，他老是告訴我該做什麼，而我通常都順他的意。人家說他太嚴肅了，說他這個男生不會笑；他說：「給點東西讓我們笑啊。」他有時是小氣沒錯——但話說回來，他挨的打比我多，所以他也許長得比較快吧。我只知道，我想要永遠有他在身邊。

那天我們一起工作，垃圾袋掉下來（有些已經被撕破，有些還完整），而我就在這時候找到了「特別」的東西。所謂特別的東西，是有錢人住的地方來的完整垃圾袋，我們總要睜大眼睛找特別的。我到現在還記得我們找到什麼。有根香菸的香菸盒（是意外驚喜）。夠新鮮可以燉來吃的櫛瓜，還有一堆壓扁的錫罐。一支筆，可能已經壞了，而且不稀奇；還有乾的紙張，可以直接塞進我袋子裡——此外就是垃圾和垃圾，像壞掉的食物、破鏡子之類的，就在這時，掉到我手中的是……我曉得我講過，平常不會找到有趣的東西，不過，好啦——總有千載難逢的機會……

那東西掉到我手中：是個真皮小袋子，拉鍊緊緊拉上，沾滿咖啡渣。我拉開拉鍊，發現一個皮夾。旁邊有張摺起來的地圖——地圖裡有把鑰匙。嘉多跑過來，我們一起在山丘上蹲了下來。皮夾鼓鼓的，我的手指顫抖著。皮夾裡有一千一百披索，告訴你，這錢可真不少。一隻雞一百八，一瓶啤酒十五塊。在放映廳待一個小時，二十五披索。

我坐在那裡哈哈笑，感謝神明。嘉多搥打著我，不怕你知道，我差點跳起舞來。我給了他五百，錢是我找到的，這樣很公平。剩下六百歸我。我們檢查裡面還有什麼，不過只有幾張舊紙、照片——有趣的是……還有張身分證。有點凹得皺皺的，但臉孔很容易辨識。照片裡的男人瞪著我們，直直盯著相機，帶著閃光燈下常見的驚恐眼神。叫什麼名字？荷西．安傑利可。多大年紀？三十三歲，工作是僕人。單身，住在某個叫綠丘的地方——不是有錢人，真可惜。可是又能怎樣呢？去城裡找他，說「安傑利可先生——我們想歸還您的財產」嗎？

兩張小照片的主角是穿學校制服的女生。看不出有多大，我猜七、八歲，黑色長髮，眼睛漂亮。像嘉多一樣，有張嚴肅的臉——好像沒人提醒她笑一樣。

然後我們看著鑰匙。鑰匙連著一小塊黃色的塑膠，兩面都有號碼：一〇一。

地圖畫的是這座城市。

我把東西收起來，塞進我衣服裡——然後我們繼續挑揀。誰也不想引人注意，不然找到的東西可能就沒了。可是我好興奮。我們都很興奮，而且興奮得有理，那個袋子改變了一切。好一段時間之後，我想的是：**誰都需要一把鑰匙**。

有了正確的鑰匙，才能開啟那道門，否則沒人會替你打開。

3

還是拉斐爾！

講完這段就要交給嘉多了——我要先講那天晚上的事。

話說天黑不久，我就明白我得到的是非常、非常、非常重要的東西，因為警察來討那個東西了。

貧民窟會解決自己的問題，所以畢哈拉不常看到警察。不常有人偷東西，而且我們通常不偷彼此的東西——不過偶爾還是會發生。幾個月前，我們這兒發生了一件謀殺案，警察有來。是個老人殺了他太太——割了她的喉嚨，讓她的血沿著牆流到下面的小屋。他們到的時候，他已經跑了，我們一直不知道他們有沒有抓到他。一次候選人來訪的時候，有四輛警車來，圍著一個想當市長的人——警燈閃呀閃，對講機劈啪通話，這些警察都很愛秀。不然他們也沒別的事好做。

這次來了五個人，其中一個看起來地位不低，像高階警官之類的——比較老，也比較胖。比較像拳擊手，斷鼻子，禿頭，一臉刻薄樣。

太陽下山了。生起炊火，由我阿姨煮飯，而今晚因為我找到的錢，我們要吃一百八十披索的昂貴全雞。來了大概三十個人——一隻雞肯定不夠分！雞只給家人吃。不過晚上很熱，所以大家都在外面蹲著、站著，或在外頭遊蕩。

記得嘉多有顆球，我們正在籃框下閒晃。他們來的時候，我們站在那輛四輪傳動大黑車的車頭燈之中，車裡的人下車了。

拳擊手條子跟我們這一小群人的頭頭湯馬斯談了幾句，然後對大家講話。

他說：「我們有個朋友有麻煩。」聽起來像擴音器的聲音。「是非常大的麻煩，希望你們能幫忙。其實他弄丟了很重要的東西。誰找到了，就可以得到高額賞金。另外，只要有人找到，畢哈拉每個家庭都能拿到一千披索，懂不懂？那東西對我們朋友就是那麼重要。我們還會給你一萬——只要你交到我手上。」

一個男人說：「你們丟了什麼？」

警察說：「丟了一個……袋子。」我的皮膚感到又乾又冷，但我努力不表現出來。他轉身跟他背後的男人拿了個東西，高高舉起。是個黑塑膠的小型手提袋，和我的手一樣大。他說：「大概跟這個很像。可能大一點或小一點——不太一樣，不過很像。我們想，這個袋子裡可能有重要的東西，能幫我們偵破一樁案子。」

有人問：「你們什麼時候弄丟的？」

「昨晚。」那警察說。「不小心丟到垃圾裡了。是在這附近的麥金利丘。然後垃圾車今天早上把全麥金利的垃圾都載走了。所以不是已經在這裡，就是明天會來。」

他看著我們，我們看著他。

「有人找到袋子了嗎？」

我能感覺到嘉多的眼睛盯著我。

我差點就舉手了。那時候，我差點就開口，因為一萬塊是筆大錢。然後每家分到一千？他們是這樣保證的，如果真的肯給的話，哇塞！我會變成這區最受歡迎的男生。不過我沒回答，我腦子動得很快，想說反正拿都拿了。先澄清一下：在那之前，我跟警察毫無過節，所以我沒說，不是因為不喜歡警察，或是不想幫忙。可是誰都嘛知道，不要太相信別人。如果他們拿了袋子，笑著把車開走怎麼辦？我能怎麼阻止他們？我需要時間思考，所以只愣愣地站在那邊。也許我腦袋裡也有點在算計吧。如果他們有賞金，可能會把錢加到一萬以上，而且可以先拿錢再交出去。如果對他們來說夠重要，能讓他們跑這麼遠來找我們，也許一萬會變成兩萬呢？

這時，我阿姨說：「長官，拉斐爾有找到東西。」

她點點頭，然後所有警察都直直盯著我。

大頭說：「你找到什麼？」

我說：「長官，我沒找到袋子。」

「那你找到的是什麼？」

「我找到……鞋子。」

有人哈哈大笑。

「什麼樣的鞋子？只有一隻嗎？什麼時候的事？」

「只有一隻，長官——是女鞋。我可以去拿——在我家。」

「你以為我們對鞋子有興趣嗎？你在玩什麼把戲？」

他轉頭看我阿姨，阿姨看看飯，看看我，又看看飯。

「他說他有找到東西，」她說。「他沒說過找到什麼。我只是想幫忙而已，長官。」

帶頭的條子大聲說：「大家聽好。我們明天早上再回來。會付錢給所有想工作的人。也許一天，也許一星期——直到找到為止。我們得找到那個袋子，我們會付錢給你們幫忙找。」

另一位警察走向我，是個很年輕的傢伙。嘉多那時候就站在我旁邊，警察用手扳起我的下巴，讓我仰起頭。我直視著他的眼睛，努力不露出害怕的樣子。他在微笑，不過我很慶幸嘉多在我身邊，我盡量回以微笑。

「叫什麼名字？」他說。

我告訴他。

「有兄弟姊妹嗎？這是你哥嗎？」

「警察先生，他是我最好的朋友。他叫嘉多。」

「孩子，你住哪？」

我把一切都告訴他，講得很快、很開心，一邊大大地微笑——我看著他把我們的房子記在腦裡，也記住我的臉。他把我當小孩一樣，輕輕揉了揉我的耳朵。他說：「拉斐爾，你明天會幫我們吧？你多大了？」

「十四歲，長官。」我知道我看起來小一點。

「你父親呢？」

「沒父親，長官。」

「那是你媽？」

「是我阿姨。」

「拉斐爾，你想工作嗎？會幫忙嗎？」

「當然。」我說。「你們要付多少錢？多久我都要做！」我讓自己嘴巴笑得更開，眼睛睜得更大，努力裝成興奮、天真無邪又可愛的拾荒小男孩。

「一百塊。」他說。「一天一百，不過如果你找到袋子……」

「我也要幫忙。」嘉多裝作八歲的樣子，咧著嘴說。「長官，袋子裡面有什麼？也是錢嗎？」

「零碎的東西。沒什麼值錢的，不過——」

「什麼樣的犯罪啊？」我說。「那些東西要怎麼幫你破案？是謀殺案嗎？」

警察又對我笑了笑。他也看了看嘉多。「我不覺得能幫忙破案，不過總得盡量試試。」他又仔細看著我，還好嘉多的手摟著我。「我們明天見了。」

然後警察全鑽進車裡開走了，我們刻意站到旁邊以示我們不害怕，還追著車子揮手。話說畢哈拉滿是我們待的這種小社區。我們住的破屋是竹子和細繩做的，從垃圾堆裡無中生有，層層往上堆——就像丘陵間的小村落。我們看著車子顛簸開過坑洞，留下車輪印，車燈撇上撇下。如果他們要跟畢哈拉的所有人講，就得把同樣的話講上十次。

之後，我阿姨過來說：「拉斐爾．費南德茲，你幹嘛說謊？」

「我找到一個皮夾，已經把找到的都給妳了——幹嘛跟他們說啊？」

她靠近了，小聲說：「你有找到那個袋子，對不對？跟我說。」

「沒有。」我說。「我只找到錢。」

「你怎麼說找到鞋子？怎麼不說實話？」

我聳聳肩，裝出淘氣的樣子，說：「媽，我覺得他們可能把皮夾討回去。」

「皮夾裡找到錢？那皮夾在哪？」

「我現在就去拿！我只是不想在所有人面前說話，在所有人面前，大家都盯著我看，而且——」

「皮夾是你在袋子裡找到的吧？不准騙我。」

「沒有！」我說。「沒有。」

她又嚴肅地看著我，搖搖頭。「看來你要讓我們惹上大麻煩了。是誰的皮夾？人總有名字的，如果你——」

「我只拿了錢，我現在就把那個鬼東西丟掉。」

「拿去交給警察。」

「為什麼？媽，他們又不是在找皮夾。我沒找到袋子。」

「噢，孩子。」她說。「拉斐爾啊。我是在想，如果他們肯撒錢找他們要的東西，就千萬別跟那東西有瓜葛。拉斐爾，我說真的。如果有找到跟他們要的很像的東西，得交出來——早上他們回來就交出去。」

嘉多跟我們一起吃飯。他常在我家吃，我也常跟他和他叔叔吃。我常睡他家，他也常睡我家——有時醒來會忘記我在哪、跟我睡在毯子下的是誰。總之，我們吃完的時候，那輛又黑又大的警車又開回來，然後開出垃圾場大門。

我們看著車子開走。

真不敢相信阿姨說了那種話。我知道她以前因為我爸，跟警察有過節，我猜她早在那時候，就有預感事情會很複雜。她大概想讓所有事早早了斷——但我還是覺得她不對。所以後來要離家出走時才沒那麼不安。

我上到我們的屋子，嘉多也去了。和很多人比起來，我們住的算高了。從起重車上建起兩間房間，用塑膠繩和帆布固定，疊在下面三戶人家頭上。要爬上三個摺梯才到得了。第一間是阿姨和我同母異父的妹妹睡的，之後是另一個小房間，大約一張床單大，是我和我表弟睡的，嘉多留下來時，也睡那裡。我表弟他們正在那裡鼾聲大作，到處都是鄰居的聊天聲和笑聲、收音機和誰的叫喊聲。

我讓一個表兄弟挪了挪，我們進到我放自己東西的邊邊。我的東西放在啤酒箱裡，掛在一邊牆上。我有多的一件短褲、兩件T恤和一雙拖鞋。我和所有男生一樣，也有一點寶物。我的寶物是我找到的一把小刀，刀刃已經斷了——但還是好用的小工具。有個杯子上有聖母馬利亞的肖像。有一只停擺的手錶。有隻表弟他們玩的塑膠小鴨，還有件牛仔褲。牛仔褲裡包著那個寶貴的袋子，光是打開，就覺得危險。

嘉多把蠟燭拿近，駝背坐著看我。我們都彎下腰看袋子。我抬頭瞥了他一眼，發現他正抿著嘴。他的眼白像兩顆蛋一樣醒目。

「我們得換個地方藏。」他說。「老弟，這東西不能放在這裡。」

「沒錯。」我說。「要藏哪？」

他沉默了一下。

我抽出身分證，看著那個男人。荷西．安傑利可悲傷地回望著我。還有他那個比較嚴肅的小女孩。我說：「你覺得他做了什麼。」

「大概是壞事吧。」嘉多說。「他們回來的時候，應該會再跟你談……看到那個傢伙看著你的樣子了嗎？」

我點點頭。

「看到他是怎麼碰你的嗎？他記住你了。」

「我知道。」我說。「也許也記住你了。」我笑了。「你覺得他是想當我們的好朋友嗎？」

「不好笑。」嘉多說。「我們需要鼠弟。」

「為什麼找鼠弟？」

「我猜他們唯一不會找的地方，就是那裡。」

「不過，你覺得他肯收下嗎？鼠弟又不笨。」

「給他十塊，他就會收。不收就打斷他的手臂。」嘉多拿了身分證收起來。「那些警察不會下去那裡——根本不會看到他。」

我知道這計畫很好。我也知道我們得把袋子弄出這間房子，而這是唯一的辦法。

「現在就去嗎？」我說。

嘉多點點頭。

我說：「不過別威脅他。他會幫我忙。」

4

還是拉斐爾。

不好意思，不過我想講一下鼠弟的事，然後就交棒。

鼠弟是個男生——比我小三、四歲。他的真名是洪洪。不過沒人叫他洪洪，因為他和老鼠住在一起，慢慢也像老鼠了。據我所知，畢哈拉只有他沒有任何家人，那時我還不太清楚他的過去。很多男生沒有父親，也有很多像我一樣，沒有母親。不過沒父母的話，就有叔伯阿姨、哥哥或是堂表兄姊，所以總有人照顧你，給你一小塊床墊睡，一小盤飯吃。而鼠弟呢，他誰也沒有，他來自城外的某個地方——要不是教會學校，他早就掛了。

我和嘉多帶著蠟燭爬下梯子。我把袋子藏在T恤下，用胳膊壓住，免得太明顯——不過大家好像也不太想看到我。尤其是阿姨刻意別過眼，挪挪身子背對我們。我們越過鐵路，不久就深入垃圾中。

其實垃圾在晚上像活的：夜晚是老鼠活躍的時間。白天看到的老鼠不多，而且牠們不會擋你的路。偶爾會有隻老鼠跳起來，嚇你一跳。有時有機會把老鼠一腳踢飛。不過並不常見。牠們動作很快，可以從任何地方或衝或跳或飛或鑽，一溜煙地跑走。

我跟著嘉多走，左右兩旁都有灰色的小小動靜。有些垃圾車是晚上來，所以畢哈拉上頭有照明——他們裝起巨大的照明燈，燈通常都亮著。我們左轉、右轉，越過一條充滿腐肉臭味、快挖通的溝渠——然後走上一條只有拾荒人走的巷子——這裡沒有垃圾車，甚至沒什麼人。腳下是陳腐的垃圾，潮濕泥濘——深及膝蓋。不久，我們來到一台舊輸送機具那兒，不過這機器已經廢棄生鏽了。輸送帶的本體被人剝掉，木板也被拆除。只剩一個巨大的金屬支架慢慢腐朽。支撐輸送帶的巨臂像巨大的手指一樣，指向天空，平常不時有小孩爬上去，坐在微風裡。地面上，它的支柱沉進水泥樁裡，支柱下面有個洞。

從前下面那裡應該有設備吧，因為那裡有階梯，黏黏的。垃圾常是濕濕的，總是有垃圾水流來流去。也許是因為這裡的地勢低一點吧，不曉得——反正總是泥濘泥濘的。

我們在階梯頂上停下來，我叫著：「鼠弟！」

我叫得很小聲——怕給別人知道我們在幹嘛，或我們在哪裡。問題是，如果那小子在下面那邊，他就聽不見，而我很確定他就在那裡。不然還會在哪？

我又叫了：「嘿，鼠弟！」我聽到細小的吱吱啾啾聲。嘉多這時緊跟著我，他雖然比我勇敢又強壯，卻不喜歡老鼠。我可以一腳踩死老鼠，可是前一陣子嘉多被咬得很嚴重，一隻手差點廢了。他也敢殺老鼠，不過寧可離得遠遠的。我爬到階梯一半的時候，一隻小隻的在我身邊飛奔跑上去，然後又是一隻。

我喊著：「鼠弟！」我的聲音在機械室裡回響。我拿著蠟燭走下去，因為太臭了，只能盡量淺淺呼吸——這時我聽見他在他床上翻了身。

「幹嘛？」他說。他的聲音又尖又細。「誰啊？」

「拉斐爾和嘉多。我們想請你幫個忙。可以進來嗎？」

「好。」

問一個小孩能不能進他的洞，或許很奇怪，不過鼠弟除了身上穿的，也只有這個洞了。我可不想住在那裡——哪兒都比那裡好。那裡又濕又黑。而且，我很怕上面的垃圾倒下來堆到樓梯上，困住我，像煙山那樣。垃圾山會移動。不是因為我們在上面爬來爬去才讓垃圾山倒塌，而是輸送帶把愈來愈多東西堆上去的時候，垃圾山自己的重量闖了禍。山崩的時候可能被捲進去，而垃圾可重了。沒有我認識的人被害死，不過有個孩子因為嚴重的山崩而壓斷骨頭。煙山倒的時候，死掉將近一百人，大家都知道還有些可憐人在下面，就在垃圾下頭，也化成垃圾，和垃圾一起腐爛。

反正，我已走到最後一階，努力不想這些事，然後放下蠟燭。黑影一閃，另一隻老鼠（這次是大隻的）從我肩膀上的地方衝過我身邊。

那孩子穿著上衣坐著，以害怕的眼神看著我，他的嘴暴出大顆大顆的爛牙。

「拉斐爾？」他說。「你要幹嘛？」

我心想，我該帶給食物給他才對。他比以前更餓了，臉好憔悴。他還不叫鼠弟以前，小孩都叫他猴仔，他臉上的確帶著猴子那種睜大眼瞪視的表情。他坐在幾層厚紙板上，周圍應該是他正在分類的一些廢物。牆和天花板都是潮濕的磚塊，到處都是裂痕。老鼠就在那些裂痕進進出出，我想牆另一邊就有老鼠窩吧。鼠弟的手臂瘦得像鉛筆，嘉多說什麼折斷他手臂，想到就好笑。用兩隻手指頭就能折斷他的手臂了。他根本是蜘蛛，不是老鼠。

我說：「我們需要你幫忙。」

「ＯＫ。」

嘉多說：「你還不知道我們要怎樣，怎麼就ＯＫ了？」

「沒問題的。」男孩笑了，突出的歪牙濕亮。他眨眨眼。鼠弟偶爾會抽搐，怕的時候整個頭會搖起來。不過他這時候不怕——而是好奇。而且我知道他喜歡我。我不會說他跟我是朋友，完全不是。不過我不介意跟他一起工作，我們會聊聊天，我聽他閒聊唱歌。其他不少孩子都朝他丟東西，笑他。

我坐下來，但嘉多待在階梯上蹲著。我說：「你要把某個東西藏起來。」我把袋子放在厚紙板上，然後把蠟燭放到那旁邊。他找來另一根蠟燭點燃，三人默默坐著。

「OK。」他說。「裡面是什麼？這是誰的？」他的聲音很細小，帶著氣音，好像才六歲一樣。

我打開袋子上蓋，拉開拉鍊，然後拿出那些東西放下。有皮夾、鑰匙，還有地圖。

「你肯替我們藏嗎？你沒聽到警察來，對不對？」

「我沒看到任何警察。」鼠弟說。「不過要的話，我可以藏起來。看到那塊磚頭嗎？那塊可以拿下來，還有旁邊那塊。不過藏不了多久——會被吃掉，OK？」

「等等。」嘉多說。「我一直在想。他們要的不是袋子，對不對？要的是袋子裡的東西。」

我說：「還是得把袋子藏起來。」

「幹嘛不丟掉就好？」

我說：「丟掉的話，如果被他們找到……如果他們知道自己在找什麼，就會知道有人拿了裡面的東西。」

「是誰在找？」鼠弟說。「警察要的是什麼？」

我很快告訴他，他睜大了眼，說：「一萬塊耶，拉斐爾！你瘋了！交出去然後拿錢啊。」

「是啊。」嘉多不屑地說。「你真的覺得他們會給錢嗎？騙得了你嗎？老弟，他們真給的話——你覺得他能留下一萬塊嗎？」

鼠弟看著我，看看嘉多，又看看我。

「聽著。」我說。「我們得藏起來。他們明天會回來——說會付錢給所有人找。我們可能可以工作幾天——然後下星期再丟掉。」

「皆大歡喜。」鼠弟說。「這點子大概不錯。不過不覺得奇怪嗎，他們為什麼那麼想要那袋子？裡面有多少？」他細細的手指打開皮夾，抽出身分證。

我說：「一千一。」

他朝著我笑。「用我的房子，有得拿嗎？」

「我給你五十。」我說，他笑得更開了，拍拍我手臂。

「保證喔？你保證？」

「我保證。」

他的手伸向地圖，說：「我們得找出他們要的是什麼。這是什麼——藏寶圖嗎？」

「上面什麼也沒有。」我說。「只是城裡的地圖。」

他更仔細端詳身分證，盯著照片瞧。「這是誰？」

「荷西．安傑利可。」我說。

我知道鼠弟不識字。他把那張身分證翻來轉去，看著那張臉。

「荷西．安傑利可。」他緩緩地說。「你們覺得警察要找他嗎？你們覺得他被通緝了嗎？他看起來人不錯。這是他女兒嗎？」

他看著那個孩子，把兩張臉擺在一起。

「也許吧。」我說。「不知道。」

「他有錢到可以送她上學。」鼠弟說。「那是學校制服。」

「如果他被殺了怎麼辦？」嘉多說。「也許他們正在找他的屍體——也在找兇手。可能扯到不好的事。」

「不過袋子是誰丟的？」我說。「怎麼可能不小心把袋子丟到垃圾裡。」

「不是不小心。」鼠弟說。他又盯著照片看了。「我們得查出他是誰，OK？他付的錢可能比警察多。」

「然後那是什麼鑰匙？」嘉多指著說。「可能是他家的鑰匙。也許他被鎖在自己房子外面？找出他住在哪——」

「錯了，那不是住家的鑰匙。」鼠弟睜大眼睛說。在黑暗中，他之前沒注意到鑰匙。這時他撿起鑰匙，放到我的蠟燭旁。他又抬起頭看著我。「老天啊。你們不曉得這是什麼，對不對？」

「可能是保險櫃。」我說。「到底是什麼，是掛鎖的鑰匙嗎？一〇一是什麼意思？」

「你們不曉得這是什麼！」鼠弟慢條斯理地說。他在逗我們。「我知道。我要加到一百。」

「什麼？」

我沒看過他笑得這麼燦爛，他的爛牙像吸管一樣突出。「這些東西我太常看到了，ＯＫ？我可以明明白白告訴你這是什麼，在什麼地方。給我五十吧？現在就給？加到一百，不然就到此為止。」

「你知道這是什麼？真的？」

鼠弟點點頭。

我抽出幾張鈔票，在厚紙板上數著，這時我聽到有東西就繞著這個小房間跑，包圍了我們。又是吱吱喳喳的聲音；這地方太熱鬧了。嘉多和我乖乖坐著，看著鼠弟，等著聽他的重大資訊。

他輕聲說：「中央車站。我當初來的時候，在那裡待了快一年。我可以肯定地告訴你們：這是寄放行李的寄物櫃鑰匙。就在四號月台外，右邊的最後一區。一〇一是號碼，在最上層——是最便宜的寄物櫃。這人留了什麼東西在那裡。」

他又微笑了，而我們坐在那裡，你看我，我看你。嘉多吹了聲口哨，而我感到我的心愈跳愈快。

「你們要去嗎？」鼠弟說。「要的話，我們現在就去。」

5

我是嘉多，拉斐爾講完換我講。

我們同意把故事拆著講，因為他會忘記一些事——比如說，他那晚、當時就想去車站，隔天也急著去，好像小小孩一樣。他想到可能找到什麼，就興奮得要死，我阻止他十次有吧，因為我知道，我們得待在這裡，待在畢哈拉，參加大搜索——如果跟我們說過話的那些警察有來，我們更要出現。

我還得揪住他的頭髮，說：「他們知道有個男生有找到東西，可能是鞋子，也可能是別的東西；如果大家都去賺錢，而這男生沒出現，你覺得他們會怎麼想？」

拉斐爾是我最好的朋友，不過他就像小孩一樣，老是在笑在玩，覺得什麼都有趣，像一場遊戲——所以我說，得讓他們看到我們在工作、在找袋子，他們才會放過我們；所以我們只能等待。

隔天早上，就像我說的，整個畢哈拉的人都出動了，太陽還沒出來，大夥一早就準備好。拉斐爾說過，我們靠賣的東西賺錢，只夠果腹，所以能拿到工資就像做夢一樣，拾荒者太多了——大概是一傳十、十傳百，一群群的人擠了進去。警察也到得早，日出的時候，男男女女、所有該死的小孩，連小不拉嘰的都有，大家早就爬到垃圾上賺他們寶貝的一百塊了，有些人沒有鉤子，徒手工作——老實說，我們人太多，多到有點危險，可以察覺垃圾正在滑動，挑完的東西都沒地方丟了。

我把垃圾掏起來，幾乎鉤到其他人，情況愈來愈危險，所以一小時之後，他們叫我們小孩退開，只留下男人，然後垃圾又被翻過一遍——就在我們前一天撿到東西的地方。管理人也在場，跟警察講話，對拾荒男人喊叫——垃圾被一次又一次、一遍遍翻過。可是什麼也沒找到。

同時，開來了更多車子，一輛警車，之後又是一輛，還有警用卡車、摩托車、好幾輛警車，然後是像政府公務車那樣的大車。身穿西裝的男人和警察下了車，把他們上好的鞋子弄得又濕又髒。還不到七點，因為人車太多，大家就動彈不得了，好像節慶一樣。

輸送帶都沒在動，他們把輸送帶全關掉了。

情況愈來愈糟。

不久我們就看到一長串垃圾車開來，從大門一直向後延伸，等著倒垃圾；才過了一小時，我就數到二十六了。司機一開始完全不在意——他們蹲在陰影裡，有些男孩跑去拿茶和菸給他們。一些孩子跳進垃圾車裡，就在那裡或路邊翻找，不過我和拉斐爾保持低調，注意聽其他「情報」，而我不停地想著這一切最後會怎樣——我非常清楚人們很快就會發火了，最先失去耐性的會是警察。警察一旦變惡毒，你可不會想待在附近。話說回來，我也不想讓拉斐爾躲著，反倒引人注意，所以我讓他待在其中。

有個男人手裡拿著裝了一大捆錢的盒子四處展示，以示大家都會拿到錢。我聽見另一個人在說話，猜出發生了什麼事——他們在動腦筋了。他們不知道怎麼曉得，袋子是在一個叫麥金利的地方弄丟的（那是有錢人住的地區），所以不難追蹤負責當地的垃圾車。而麥金利的垃圾車昨天來過，所以我們才撿到那東西——而今天還有更多車會來。所以，警察只要讓今天的垃圾車卸到一塊空地，我們一小時就能輕鬆搜完。

一點也沒錯。中午前，他們帶來麥金利的三輛垃圾車，讓他們卸下垃圾，先擋住我們，所以我們只能盯著瞧。那時我讓拉斐爾轉過身，對他說：「兄弟，你還確定嗎？」

他看來很害怕，我想他慢慢了解事情有多大條了。

他輕聲細語地說：「嘉多，我非常確定。」

於是我們裝出開心又興奮的樣子，因為我不希望任何人覺得我們可疑、害怕、擔心，可能在隱瞞什麼——不過我其實也很怕，我抓著拉斐爾，確保我們和大家一起推擠，好像對其他事毫不在意。我們看到鼠弟，朝他招手；他蹲在附近抽菸，偶爾看向我，不過沒人看他，因為他像垃圾一樣灰灰的，而且只有身上那套衣服，衣服髒到他隨處走動也沒人想要發現。

過了一陣子，警察召集我們小孩開始工作——他們又弄來一些鉤子，在平地上工作不算難事；我們又撕又扯，把垃圾掏出來攤開。

總共大概有一百個小孩。

麥金利的人有馬桶，所以垃圾裡沒有濕都帕——麥金利的垃圾品質很好：有食物、報紙、一大堆塑膠和玻璃，可是警察什麼也不讓我們拿，他們只要我們找一樣東西。

後來，有人找到一個手提包，大家興奮得要命，大呼小叫；手提包是藍的，舊舊的，有個繩狀的小提把，所以又被丟回去，大家失望極了，警察繼續監督我們工作，一臉鬱悶，顯然耐心快用完了。

下午差不多過了一半，我們做完了，大概從未有一堆垃圾給人那麼仔細地檢查過吧。垃圾堆的男人也完工，被他們叫下來。當然那天剩下的時間，還有那星期剩下的幾天，所有人還會有工作（我們希望拖久一點，賺到五百塊），不過警察也很聰明，看得出即使在成山的垃圾裡，也能很快找完頂上的東西，而且看得出哪些是新的、哪些是舊的。

我看到拳擊手警察（就是前一天講話的大個子）回來了，正在一輛大黑車旁邊，和那些垃圾場管理人、兩個穿西裝的男人討論。他們一直在爭論，電話打個不停，看得出管理人不高興——大概是因為滿載的垃圾車隊伍愈排愈長，而司機喝了整天茶，不知何時能回家，終於等得不耐煩了。看得出問題在哪——如果警察讓這些垃圾車卸貨，把新鮮的垃圾倒出來，而珍貴的包包又在那裡，就會埋得更深。另一方面，這是本城的垃圾場，上百萬的人不斷的把垃圾送到垃圾場，怎麼能關閉垃圾場呢？

但他們氣的是，誰也不確定袋子有沒有送來這裡。畢竟麥金利的孩子和任何地方的孩子一樣，都會直接在垃圾箱裡撿垃圾。有時候在街上就可以看到他們在人行道上挑揀。而且，我之前說過，垃圾車還沒開到垃圾場，就會有小孩跳進車裡——所以他們甚至不確定袋子有沒有送到垃圾場。世上只有三個男生知道袋子究竟在哪，想到這就覺得奇妙。

我們隨處坐著。

他們終於付錢，大家都比之前富有了一百披索。天色暗了，天邊一片橘紅，警察終於放棄，動身離開，我和拉斐爾笑了。然後所有輸送帶啟動，發出震爆耳朵的聲音，垃圾車也開始慢吞吞開過，亮起更多燈，不停地趕工，忙到隔天早上。

我們小社區裡的炊火比平時還多，還有幾箱啤酒。有音樂、有歌聲，大家都很開心——尤其是拉斐爾，他覺得任務完成，自己很聰明。

可是在拉斐爾家裡（我現在都跟著他），吃完東西，他阿姨就在我身邊對我們倆說：「我們安全嗎？」

我知道她不安全，也知道那是她自找的。她那時候開口實在不聰明——說實話，我也不想這麼說，不過之後我們一直在講，要是她閉上嘴，事情就簡單多了。她又說了一遍：「我們安全嗎？」

我說：「我們絕對安全。別擔心。」當然是騙她的。

「有人找我談過。」她對我說。「他們想知道我為什麼說他有找到東西。有個警察又問了我一次，那時候我不該說話的，但我就是說了。現在他們都在懷疑你們兩個。他們有你們的名字。」

「對，可是我們跟他們說了，」拉斐爾擺出微笑，把頭髮往後梳。「只是鞋子而已，他們什麼都不知道。」

她沉默了，不過只沉默一下。

然後她以幾乎聽不到的聲音說話，我們只好擠近一點：「昨晚我有看到你們出去。我不想知道你們去哪，也不想知道幹嘛去，我只想知道我們安不安全。家裡什麼都沒有，對吧？」

我們都說：「對。」

「你們保證？他們可會把房子拆了——」

「我保證。」拉斐爾若無其事地說。那時我只想到那些謊言愈積愈多，而只希望撒的謊值得。袋子很安全，就和鼠弟在下面那裡——真想跑去檢查檢查。

不過拉斐爾的阿姨不肯罷休，她說：「他們在講要搜索這裡。我聽人說的。我敢打賭會先搜我們家。如果他們又把房子拆了——」

拉斐爾這時握住她的手，說：「家裡什麼都沒有。」

「一萬是筆大錢耶！」她提高了聲音。「你想過我們可以拿那些錢做什麼嗎？」我插嘴了。我說：「妳覺得他們會付錢嗎？真的覺得會嗎？」

她說：「我覺得會！」

拉斐爾輕輕搖頭。「媽，媽，如果這裡，我們之中，有人拿到那一大筆錢，妳覺得我們能把錢留多久？」

這時，她向我伸出手，抓住我的手臂，把我們三人連在一塊兒，然後對我說：

「你很聰明。嘉多，你比這個孩子聰明，我知道你可以跑得很快，可以脫身——也許那時候我真的不該開口，對不起。可是我已經老到不能再搬家了，而且兩個小的……」

她眼裡都是淚，濕亮亮的——她很怕，所以我也怕了，我知道拉斐爾雖然絕不承認，卻是最害怕的。她緊緊抓住我們，說：「我不要我們被警察抓起來。誰都知道他們幹得出什麼事。」

我不敢直視她的眼睛。

第一是因為我好氣她開口——她那時候開口，簡直蠢到不能再蠢。而且我有種感覺，事情會變得很糟。我當然想像她說的一樣聰明，我也知道拉斐爾需要有人帶著，所以這事得由我作主。我得管著他。

我心裡不斷盤算，所以什麼都沒說。

我想的是，我們得去火車站。我們得查出寄物櫃裡是什麼，而且動作要快。之後，也許再過幾天，我們可以丟掉裝著鑰匙的皮夾，擺脫那些人。

如果太容易讓人起疑，也可以叫鼠弟交出去——他總是一個人工作，不跟人講話，誰也不會懷疑他。所以我想，*再過幾天，就讓鼠弟當小英雄，把他們要的東西拿給他們。*

我想，如果那樣也太危險——那我們大可以把皮夾和鑰匙丟進垃圾之中，等人找到，任何人都好，說不定還沒人找到呢。

房子裡什麼都沒有，這倒不假。而沒人能證明任何事，我們很安全，何況還能賺錢——我是這麼告訴自己的，拉斐爾想的也是類似的事，我們談了整晚，覺得我們很聰明，一點也不知道自己扯進什麼事。我不去細想，其實警察若覺得你有某樣東西的話，他們沒從你手上拿到那東西之前，是不會罷休的。

6

又換拉斐爾。

隔天，嘉多讓我們去車站了。我跟他說，他不去的話，我和鼠弟就自己去。

他說，如果我們被人監視怎麼辦？我看不出他們要怎麼監視我們，而不被我們發現，我說，我們的動作會很快，他們永遠不會發現的。

他說，如果他們回垃圾場找我們呢？

我說，如果他們不回來呢？

他說，如果他們在監視車站呢？我說，不然就什麼都別做，把這件事忘了吧？他要這樣嗎？他聽了差不多是朝我咆哮，不過我目的達成了。

於是我們一大早就下到鐵軌那兒。火車切過畢哈拉南側很靠近碼頭的地方。要去中央車站，可以在離我家十分鐘路程的地方搭車。

鐵道旁的地又平又乾淨，所以大家蓋的房子都逼近鐵道邊。每隔一陣子，就會有單位前來拆除住家，把人送走。但他們慢慢又回籠，整個遊戲又從頭開始。沒你想像的那麼危險，每天經過的火車只有四班，車速很慢。火車又長又笨重，一哩外就能聽到車子開來的聲音。我只聽過一個人被火車輾過，是兩年前一個女人在火車來時故意走過去，把頭靠在鐵軌上。

我、嘉多和鼠弟等著六點的車。火車來得還算準時，我們跟著最後一節車廂跑。這班是載客列車，全程九小時，終點站是一個叫鑽石港的地方。起站是碼頭，不過那裡上車的人不多。之後會開到中央車站，在那裡變得擠到無法呼吸。我們翻上車，爬窗子進去（火車沒窗玻璃也沒欄杆），整節車廂只有一頭坐了一對老夫婦，所以我們散開坐在長椅上，看著窗外揮手，像在度假。

嘉多又說了：「如果他們在監視怎麼辦？」他腦子裡若是硬要生什麼念頭，別人也沒辦法制止。

鼠弟說：「怎麼可能？」

「他們會注意任何形跡可疑的人。拉斐爾，我們坐過幾次火車？」

「不知道，不常就是了——」

「他們是警察，對吧？他們會注意我們在做什麼。如果他們知道有把寄物櫃的鑰匙，只是不曉得是幾號櫃，怎麼辦？」

「不對，聽著，這太誇張了。」我說。「如果他們知道袋子裡有寄物櫃的鑰匙，他們應該撬開車站所有寄物櫃才對。他們絕對不知道袋子裡有什麼。」

「也許他們已經在車站，把寄物櫃一個個打開了，而且正在等著我們。」

「真的這樣，我們走開就行了。反正我們只是三個閒晃的男孩子。」

鼠弟沒說什麼，只是目光在我和嘉多之間來回停留，我對上他眼睛的時候，他微笑了，而我們倆都笑出聲。

嘉多要我們閉嘴。他說：「兩萬。聽說他們現在給出兩萬的賞金——已經加倍了。」

「你明知道他們不會付錢。」

「我是說，不管他們要找什麼，那東西愈來愈重要了。如果荷西·安傑利可殺了人，而且死的是重要人士，也許是政治家，也許是有錢人，而我們有逮捕那傢伙的線索呢？我們該怎麼辦？那我們就是在妨礙警察抓兇手——」

我說：「嘉多，何不先看看寄物櫃裡有什麼？」我朝著他笑，然後靠向椅背。「之後再決定要幹嘛，可以吧？」我叫他讓腦子休息一下。

「寄物櫃交給我。」鼠弟說。

我們倆看著他，嘉多問他是什麼意思。

他說：「最好把寄物櫃交給我來，OK？我最好也跟車站的孩子打個招呼，給他們點好處，說我們只是幫人跑腿。還有，因為怕有人監視……我知道那在哪裡。我會快快進去，拿了裡面的東西，然後跟你們在鐵軌那裡碰面。只要被人看到，我就逃。我們三個都跑，他們只能追一個。如果追的是我，我會甩掉他們。OK？」

我說：「要給車站的孩子多少？他們會要多少？」

「不知道。我會試試二十塊，裝作是平常的小事。不過還是給我一百好了。」

我把鈔票遞給鼠弟，他開始怕了，有點抽搐。嘉多在沉思，一邊搖頭。他說：「鼠弟，這點子不錯。看得出你為什麼會想到。可是還是待在一起比較好。這件事，我們得集體行動。」他看看我，說：「你最好待在我身邊！」

幾分鐘後，火車減速，準備進站，我們站到車門邊。我看到月台靠近了，於是跳下去，結果在草地上滾了幾圈。嘉多差點摔到我身上，可是鼠弟沒跌倒。以前沒看過鼠弟身手多靈活，他瘦巴巴的，有如草莖和紙那般單薄，好像風一吹就會跟風箏一樣飛走了。他甚至沒有張望，就蹦蹦跳跳走了，我們急忙跟過去。我們跑到月台上，幾個孩子用刻薄懷疑的眼神看著我們，好像月台是他們的地盤似的——也的確是啦。

他們離我們一段距離，跟著我們。

我們跳得早，免得讓人看到跳車。如果跳車的舉動給警衛甚至搬運工看到，就會挨上好一頓打。車站的孩子不一樣。只要他們不偷東西不礙事，大家就睜隻眼閉隻眼。他們讓車站保持乾淨，兩分鐘就能清完一班火車。即使乞討或賣東西，他們也知道要待在邊邊——所以大家才沒管他們。

於是，接下來我們都爬上月台，就像三個平凡的赤腳男孩在遊蕩；看起來應該不起眼。我知道危險的是寄物櫃，畢竟這種景象不常見。像我們這樣的男生開行李寄物櫃？不用說警察了，任何人都會注意到。他們會立刻猜想我們在偷東西，而誰也不會對小賊仁慈。

剛離開月台，我們就遇上更多車站男孩，這批是以乞討為生。我們算是被趕到邊邊，我感覺到嘉多正在準備，摸索著他老帶在身上的鉤子。不過鼠弟住過車站，認識其中一些人，所以由他出面講話，我看著他給他們二十元的鈔票——又給了五十，然後是二十。大家握握手，他們就讓我們走了。我猜鼠弟付錢請他們別跟著我們，所以我們才能獨自往車站的大廣場去。

鼠弟說：「他們給我們五分鐘。」

這個車站很大，早上那個時間正是兵荒馬亂的時刻——對我們是來說是好時間，可是嚇死人了。那裡有腳夫，有出遊的家庭，貨車要送東西，喇叭狂響，火車鳴汽笛，還有擴音器。大家彼此超車借過，吵到得用喊的才聽得見。鼠弟繼續快速前進，我又開始怕了。我不喜歡車站孩子的表情，不過這時候，我發現到處都是一臉兇樣的鐵路警察——他們盯著我們。我只好不斷對自己說：「我們沒做壞事。」——可是感覺就像做了壞事，而大家都聽過做壞事被抓的小孩有什麼下場。我指的不是坐火車挨打的事。這座城裡有監獄，小孩比大人還容易被關。還聽過一些男生甚至撐不到監獄的事，不過幾分真幾分假就不曉得了——誰都嘛想講故事嚇人。有一次聽人講逃家小孩的事，聽了就難過。講的是新來一個沒處可去的孩子，給警察逮到——他們會等到天黑，打斷他的腿，把他放到鐵軌上。那些只是故事，可能不是真的，但我走過車站的時候，不停想到那些故事，感覺自己好弱小——幾乎追丟了鼠弟，不過嘉多在我身邊緊緊跟著。我們倆都在等著被抓。

鼠弟繼續走。他不知怎麼不再抽搐了，走得很快，看起來像小孩子一樣開心。他手裡拿了一個東西，我發現是那把鑰匙，應該是接近寄物櫃了。我們從一座橋下走進天花板低矮的某種大廳，有一排排燈管。我們像知道要去哪一樣，沒停下腳步，然後就出現了：兩道灰色金屬櫃的長廊，一排又一排的櫃子門。

我們繼續走。

有些櫃子門很大，是裝行李箱的，上面有些很小，只裝得下手提袋。沒警察，沒警衛，也沒車站的孩子——鼠弟很清楚他要去哪，他停了一下腳步，讓我們走到他身邊，然後他說：「你們繼續走，OK？快走。」

兩個女人正在開寄物櫃，我們就從她們身邊走過。她們忙著放東西，沒注意我們。另一頭有個高個子男人正在鎖門，不過背對著我們。我看到櫃子上的數字：一一○、一○九、一○八——沒一個有被撬開，每個都完完整整，還算新；還是沒看到警察。鼠弟突然轉身，把鑰匙插進寄物櫃。我們就這麼走過他，聽到金屬發出的聲響。沒人吼叫，甚至沒人注意。我走了十步，聽到關上門的聲音，然後鼠弟又出現在我們旁邊，看來手臂下夾了東西。

「不要跑。」他說。「慢下來，OK？」

我們照他說的做，但我的心怦怦跳。嘉多很聰明，停下來玩一台飲料販賣機，檢查退幣口有沒有錢。我那時想，*看起來一點問題也沒有！*——只是三個車站的孩子在走動。鼠弟把那包東西藏到上衣下了。我們出到四號月台，一路鑽過人群，走到盡頭。那時我們總算鬆了一口氣，才開始跑。我們下到軌道，全力拔腿狂奔。五分鐘後，我們藏到灌木和懸鉤子之間，那裡有一小堆水泥枕木可以坐，我們都喘不過氣來。

鼠弟咧著嘴哈哈笑，我也一樣。他兩手捧著那個包裹，把它像禮物一樣高高捧給我們。那是個信封，用膠帶封口，我弄了一下才打開。

信封裡是一封信，角落上貼著郵票，等著被寄出去。

有人用粗筆寫著：**發現者請幫忙投遞**。之後是地址：**收件人是蓋布瑞・歐隆德里茲。下面寫著：746229號犯人，科瓦監獄，南棟，34K號房**。

我感覺自己又發冷了，但我朝著嘉多笑，而他直直盯著我。

我打開信，大聲念出來。信只有一頁，信上黏著一張紙條，紙條只寫了一串數字，一點道理也沒有。話說回來，信上寫的也沒道理；我們完全看不懂。我們只知道我們捲入了很重要的事，而且愈陷愈深。

940.4.18.13.14/5.3.6.4/9.1.12.10.3.3/12.9.2.3.25.32/6.1.6.
2.1.11/3.3.2.1.6.15.5.1.6/5.11.1.6/2.4.5.2.5.4/3.1.4.1.4.1.
13.28/2.16.4.7.7.1/5.9.11.2.5.6/2.7.6.2.7.2.21.7.7.3.7.5.1.2.1.
1.7.5/16.3.7.9.12.6.4.3.5.1/1.4.11.3/2.6.3.1.1.2.1.9.1.4.

第二部

1

我是朱利亞神父，是我把這些故事兜在一起的——不過名字都改了，原因顯而易見。讀到最後，你就會明白這故事的重要性；總之這故事非說不可。接下來發生的事，最好由我和我先前的職員來寫。

我只說一下，我在畢哈拉垃圾場主持帕斯卡．亞吉拉教會學校至今七年。原先只是為期一年的工作——教會學校經營不善，我的任務是讓它重新站起來。但我愛上了這個地方，之後就一直待在這兒。我六十有三了，這應該是我最後的職位。可惜我今年即將被迫退休——多少和這個故事有關。學校已經指派了新校長，而交接之後，我的工作就結束了。

我想待在這個國家，不過不確定能否如願。

對了，我要說本校的確需要新的力量，本校一直以來都在縮減，沒有擴張。很難讓孩童持續上學；我們得用食物賄賂他們。我們的收入愈來愈少，食物的供應一向不穩定。而且天氣非常熱，乾季時更悶熱難受。而學校是巨大的金屬櫃做的——就是船和貨車上看得到的鐵貨櫃。我們募集了十個，建立教會學校。貨櫃用螺栓固定在一起，挖出門窗——克難的金屬學校就這麼完成了。另外又買下六個貨櫃，做成二樓。兩個當教堂，三個打通做成嬰兒房，角落有個小小的遊戲區。半個當休息區，另外一半就是我的辦公室。

拉斐爾和嘉多很少來上課，所以我跟他們只有幾面之緣。十歲以後的孩子很少能來。他們家人要他們撿垃圾，而且教育對他們也沒幫助，這點真的很難辯駁——所以我們就這麼失去了他們。我對小洪（就是他們口中的「鼠弟」）比較熟。他會趁其他孩子離開之後，像猴子一樣從外面爬上樓，到我辦公室找我。我會讓他從窗子進來，給他需要的軟膏和膏藥，如果他想的話，我也讓他洗個澡。他顯然快餓死了，所以我也得給他食物。我們的規定是只能在午餐時間和下課後半小時內供應食物。我為小洪和其他幾個孩子打破那個規定，我常說，規定總是要給人打破的。我訂下規定，就會打破規定。之後你們就會讀到，奧莉維亞姊妹也打破了規定。

別把你們的腳放在椅子上，只拿自己的食物——別把食物帶出去給你家人。排好隊，小聲祈禱，在室內要穿上衣，進禮拜堂前要洗腳——連我自己都想笑，可是即使大家都知道規定很蠢，我們還是得照規定生活。有個特別的規定我倒很喜歡：禮拜堂的階梯上禁止說話。

為什麼禮拜堂的階梯上禁止說話？告訴你吧——其實是有意義的。

階梯和禮拜堂是為了紀念帕斯卡．亞吉拉，學校就是以他為名，他是本國較罕為人知的自由鬥士。亞吉拉家族每年都捐獻一大筆錢，最後六個樓上的貨櫃就是他們買的。他們拜託我們緬懷帕斯卡——這是我們的責任，而且我們樂意為之。他對抗腐敗，因他的努力而被槍殺身亡，所以我們在階梯上肅靜，藉此每天向他致意數次。我發現從來就不用提醒孩子。偶爾有男孩或女孩第一次來，可能會喋喋不休；接著就是異口同聲像風一般的「噓」聲，於是所有人都安靜下來。我們當然有把帕斯卡的事告訴他們，而他的照片則掛在祭壇上。這個男人一心想成就一些事，讓生命更美好。他會說十來種語言，卻出身清寒。他成為律師，卻仍住在城裡貧窮的區域。他接下沒有勝算的案子，贏得勝訴。違章建築被拆，帕斯卡．亞吉拉就施壓讓政府替居民找土地遷居。建築計畫僱用一千人，卻沒提供工作靴、手套或安全帽，帕斯卡．亞吉拉便提出告訴，強迫修法，大大提升營造業的安全。霍亂從碼頭傳來，侵襲沼澤的時候，帕斯卡．亞吉拉迫使當地醫院（付錢的有錢人去的醫學中心）替窮人規畫一區特別病房。他最後的義舉（也就是害死他的那件事），是揭發三名參議院議員將納稅人的錢中飽私囊，將錢偷運國外。三人引咎辭職，而起訴緩慢進行。帕斯卡．亞吉拉出庭作證的途中，在計程車上被打成蜂窩。二十六發子彈——子彈和警槍的口徑相同，而當局一直未找到真兇。

我有時坐在樓梯上，在我們做的匾額下，想著這位偉人的事。就是那樣的小事（像在樓梯肅靜這種小事），讓亡者永垂不朽，保佑我們。亡者在這國家非常重要。

你們自然想知道我在拉斐爾的故事裡扮演什麼角色，做了什麼事。我只扮演了邊緣的角色。我目前的舍監奧莉維亞姊妹扮演的角色比較關鍵，她或許比較愚蠢吧——不過我是因為學校的電腦才涉入其中。電腦是RCBC銀行捐贈的。我們至少有這些小小成功！我們至少一腳踏進門裡了。我承認電腦老舊過時，希望你們不覺得我太苛責；何況如果他們不給我們，那台電腦可能最後就會淪落到哪堆垃圾堆上。誰在乎呢？我想，他們送電腦給我們應該是出於好心，而我們也物盡其用。電腦能上網，我准許的時候，孩子就能玩遊戲。

小洪來的那天是星期四下午，他帶了兩個我幾乎不認識的男生。

「神父波。」他說。「神父波？」

他的聲音尖細好聽，我立刻就認出來了。

我轉身微笑，他就靠在我辦公室門上。他瘦得跟火柴一樣，臉色灰白。臉上的微笑總是讓我也微笑，我看到他都很高興。「波，我們在查東西。」對了，「波」是這兒的人對年長者的尊稱。小洪說：「神父波，我們可以用電腦嗎？」

我跟他說時候不早了。然後我看看他背後，發現他帶了兩個朋友——都是又瘦又小的男孩子。一個看起來害羞，另一個一臉機警——一下就看出誰是帶頭的。他剃了頭，眼睛眨也不眨，手臂很長，雖然吃得差，仍然有運動員的姿態與優雅。另一個長髮蓋在臉上，臉上也是迷人的笑。

小洪指著剃過頭的男生說：「波，神父波。這是嘉多。然後這是拉斐爾——您認得他們嗎？」

我跟他說不認得，不過很樂於認識他們——於是大家握了手。

「他們參加了一個有獎徵答。」小洪說。「神父，是報紙上的活動。神父，他們要查資料。他們說他們平常沒來學校，您沒理由幫他們的忙，所以我說我也來。他們可以付錢用電腦，OK？波，我說，也許您肯讓他們用。」

我請他們進來，於是他們來到我辦公桌旁。他們穿著短褲和T恤，光腳到膝蓋都黑黑的——身上的味道充斥整個辦公室。叫拉斐爾的那個看著我，把頭髮往後撥，害羞得不敢直視我的眼睛。他兩手拿著一張二十披索的鈔票準備付錢用電腦。嘉多待在他後面，我感覺他盯著我看，像要打架。

我說：「不過今天的連線速度很慢。」

我又拉了張椅子到電腦旁，揮手拒絕了男孩的錢。他們滑進椅子裡，拉斐爾立刻著手工作。孩子都知道怎麼用電腦——這景象總是讓我驚歎。從沒進過教室的孩子，用鍵盤也能用得比我順手。他們當然是在電玩店學的。只要十披索，就能玩十五分鐘的射擊追逐遊戲。

我看著他直接連上一家搜尋引擎，光頭的男孩攤開一張紙。拉斐爾打下一個名字，而我們一齊看著電腦努力地慢慢跑。

我說：「小洪，你今天吃過什麼？」

他朝著我笑，摟著我手臂，得意地說：「什麼都沒吃！」

我下去廚房做點三明治。還拿了三個玻璃杯盛滿檸檬汁。我回去的時候，那些男生正壓低聲音興奮地交談，捲動螢幕指指點點。他們搜尋到一個地方新聞網站，正仔細地讀著內容。

我說：「問題是什麼？」他們一臉茫然，所以我又說：「有獎徵答啊？你們要回答什麼問題？」

拉斐爾說：「是歷史問題，神父。」然後開始用母語講話，說來慚愧，我雖然在這兒待了這麼久，還是幾乎不會說他們的語言。第二個男生嘉多在搖頭。雖然不知他們在看什麼，不過似乎是正經事。

這時候，小洪用髒得讓我皺眉的手拿了一個三明治。這孩子把指甲啃到肉那裡，手指讓我想起骷髏。他平常一直向我保證要來上課，可是幾乎沒來過——上過的課一定給了他奇怪混淆的概念！這種對話已經變成我們之間的玩笑了。我老是說：「那——你明天會來上學嗎？」他向我保證他會來，而我知道他不會。我從沒忘記他第一次在這裡沖澡的景象。他身上圍著一條毛巾，因為噴出來的水冰涼又令人興奮——或許還加上看到身上乾淨的樣子覺得神奇，所以蹦蹦跳跳的。我給了他一件學校制服，但沒看過他穿。

奧莉維亞姊妹也愛上了他，還問我領養的事。英國來的二十二歲女孩子居然想領養小孩！我叫她別想了。首先，這兒領養的機制非常緩慢。六年來，我只知道一件外國人領養成功的例子。我現在才了解，沒有政府願意把他們的兒童送人——然而看看四周數千個缺乏關照的孩子，真令人心碎。看看垃圾山，垃圾山上的孩子和垃圾，很容易覺得在這種學校做的事對任何人都沒影響、沒好處。孩子愈來愈多。我在貧民窟裡走動時，看到嬰兒，他們都會請我抱嬰兒。而我們微笑、大笑的時候，我心裡暗想：*這個小小孩——等他能爬，就會爬過垃圾。*

我拿餐盤回去時，三個男生已經用完電腦，他們轉身吃三明治、喝他們的檸檬水。他們彬彬有禮，來這兒的孩子都這樣；不過他們想走了。

我說：「那，明天會來上學嗎？你們三個都會來？」

小洪笑了：「一定來。」

拉斐爾說：「波，我想來。不過我有工作。」他把頭髮往後撥，露出燦爛的微笑。

我提醒他，他去工作，還是可以參加早上的一堂課。我提醒他，成立學校的目的正是如此：讓兒童工作，同時提供教育。他們上五天課，就能得到兩公斤的米，若有捐贈物還能拿點別的東西——這就是上學的誘因。拉斐爾看著我，不知是不是在想顯而易見的問題：*教育對我有什麼用？*

他說：「波，我會來。」

小洪拿了盤子、杯子去我的廚房。他堅持由他洗，然後把杯盤放到晾碗架上。然後他抱抱我，我塞給他五十披索。

其他男生在外面等他，他們一起跑開——從此就沒看過他們了。幾個星期後，我才發現他們騙了我。當然也沒有獎徵答這回事。

他們努力想查出荷西．安傑利可先生的所有事情，他們找到的身分證就是他的。他們也在查蓋布瑞．歐隆德里茲的事，當時這人在城裡最大的監獄關了二十三年。

鼠弟也有他的計畫，時機到時他會說出來。他們都完美地騙過我，得到自己想要的。

2

再換拉斐爾。事情開始認真了。

就像嘉多說的，那晚警察來了，搜我們的屋子。而我被抓起來。

來了四車的人，下令社區所有人到屋外。他們帶著手電筒和警棍，迅速經過，而聚集的人愈來愈多，甚至有其他區的人也跑來。警察沒對任何人說什麼。他們拿了些文件給湯馬斯（我們的老大）看，但沒等他說話。他們不到一小時就搜完了，我們站著聽他們丟東西、對彼此喊叫。有些小孩子在哭，不過大部分的人都很平靜，睜眼看著。

不然還能怎麼辦？

他們什麼也沒找到，回車上去了。

沒人跟我說過話，所以我沒料到他們會抓我。我又看到那位年輕的警察，看到他朝我的方向點點頭，我才明白他們在說我的事。不曉得為什麼，兩個警察過來抓住我手臂時，我還是覺得很突然。

接下來的部分很難寫，可是只有我能寫。

我不知道該怎麼辦。我沒出聲，也沒動——我怕到不敢呼吸，也不曉得該仰望誰。嘉多立刻跑到我身邊，劈哩啪啦地一直說：「你們幹嘛？他做了什麼？」我阿姨開始尖叫，倒了下去。立刻引起一陣嚴重的騷動，我這才發現我不被抓這件事有多重要。大家大吼大叫；有人求警察放人，擋到我和警車之間。一輛警車停了下來，有些警察回來了，但我來不及繼續看，就被緊抓著手臂帶去車門打開的那輛車。嘉多還抱著我，不過有人把他推開了，我聽到他的叫聲壓過其他人，可是他有個叔叔抓住了他。我到了車旁，拚命想扭開，可是我被人又推又拉。我被夾在兩個壯漢之間，不管我說什麼，都沒人聽見——我扭來扭去，但他們就這麼把我拎起來，然後我就在後座了。車門猛然關上，這時我又看到嘉多。他朝我尖叫，想到我身邊，卻被警察揪住脖子甩開。然後車開了，我哭了。我看到窗外一張張臉盯著我，對我大喊，卻沒看到認得的人，嘉多也不見了。

我好怕，怕到不舒服，一直哭。

路面凹凸不平，司機又盡量開快，所以顛簸搖晃。我周圍還是圍著一堆人，有人捶著車頂——接著我們出了大門，開上大路。他們鳴響警笛，加速開走，遇到紅燈也不停，交通警察揮手要我們過。我們經過商店和人來人往的街上，處處燈火通明的時候，不知為何感覺沒那麼糟了。不過，轉上小路就變得冷清，不久連路燈也沒了。

我從來沒那麼不知所措，而且還哭個不停。我說：「我們要去哪？」

有個男的說：「你覺得呢？」

我說：「警察先生，我什麼也沒做。」

那個男的說：「小子，別亂動；我們知道。」

我又說：「警察先生，我什麼也沒做。」我抽噎著，說了一遍又一遍。

我努力照那個男的說的不亂動，可是沒辦法。我被搖得前俯後仰。我腦裡只想到我有多孤單，現在什麼事都可能發生。不久之前，一切好像安穩平常——我阿姨、嘉多、表弟，所有人都在身邊。現在呢！好像從地板上的活門跌下去一樣。一下子，每件事都變了，而我不斷墜落——朋友沒辦法在身邊，誰也不知道我在哪，而我想著，**我要掉到什麼時候？我想著，他們打算對我做什麼？我什麼辦法都沒有。**

信封在鼠弟手上。身分證也在鼠弟那裡。我們知道了更多事，所以這兩樣我都不能交出去。我們知道荷西．安傑利可的事，也知道有場戰爭開始了。

街道和建築都是灰灰的水泥色，我們左轉、右轉、上坡、下坡，不久就開到一個停車場，旁邊是看起來很沉重的大門。帶狗的警察開了門，我們穿過大門，開下一道斜坡。往下開，開到地下，感覺更嚇人，我愈哭愈慘。我還叫著阿姨，說實話，那時我尿濕了褲子。

我們在刺眼的強光裡停下來，我被帶出車子。我幾乎沒辦法自己走，得由一個警察拉著我——我沒有反抗，只是怕到腿都不聽使喚了。他溫柔說話，手臂摟著我，幾乎是抱著我。我們走下一些階梯，穿過幾扇金屬門。之後來到一個走廊，兩側都有牢房，上面有編號。一個警察打開一扇門，放我進去。門關上，我站在那裡，不知該怎麼辦，難過得以為自己會倒下來死掉。過了一會兒，門發出嘈雜的聲音打開了，進來一個警察，叫我坐下。

我坐到地板上，開始反胃。我沒吃什麼，湧出來的東西卻吐得我兩腿都是，然後我又哭了，而且從沒聽過自己發出那樣的聲音——我從沒有那樣子哭過。

警察坐在長椅上，這次沒關上門。他大概發現我太害怕，不該獨處，得讓人顧著我。警察給我一小條毛巾，我想把自己擦乾淨，手卻不聽使喚。

時間漸漸過去。

牢房裡除了長椅，什麼也沒有，長椅是水泥做的。警察跟我說了幾件事，只是對我的身分隨口問些問題。我發現雖然很努力了，還是說不出話來。過了一下，穿著淡灰西裝的男人進來看著我。他問我名字。我勉強告訴他，但話一出口，聲音卻不像我自己的。

「六號。」他說。「我們用六號。」

他走出去，兩個警察進來，把我拉起來。他們幾乎得抬著我走。我被沿著走廊帶回去，這次沒往下，卻往上爬了些樓梯。我們爬得很高，經過一些有警察在工作的辦公室。沒人抬頭看。我們轉了幾個彎，我記得有個海灘圖案的告示板，上面有一串名字。我看到一個時鐘，上頭指著兩點二十。然後我們走進一間房間，房門上用粉筆寫了一個「6」，有張金屬桌旁坐著一個西裝筆挺的男人，他比我們早到。他身後站的是起先來畢哈拉的那個重要警官——粗獷又斷鼻子的那個傢伙。他身後有扇窗，身旁第三個男人穿著襯衫，禿頭，一身大汗，氣呼呼的，一臉疲倦樣。

我被放到一張椅子上。

疲倦的男人說：「拉斐爾，拉斐爾．費南德茲？你知道你在哪嗎？」

我搖搖頭。

「你在艾米塔警局。知道你為什麼會在這裡嗎？」

我又搖搖頭，想要說話，但什麼也沒說出口。

警察說：「我們需要你找到的袋子。」

接下來是一段沉默，我的喉嚨好乾，不知道如果我想說話，聲音聽起來會怎樣。

不過我試了又試，終於不知怎麼吐出話來。「警察先生，我沒找到袋子。」我依然聽不出這是我的聲音。

「拉斐爾，你得把袋子給我們，事情才會結束。」

我說：「警察先生，我沒找到袋子。」我得讓自己像個孩子——像個驚慌的傻孩子。「我發誓，警察先生。我發誓。」

旁邊放著一杯水，我想拿起來，卻灑了。我又哭了起來，想上廁所。疲倦的男人等人把水拖乾淨。

他說：「你只要帶我們回你家就好。然後不管袋子是放哪，反正就把袋子給我們。我們會像之前說的，把錢給你。這樣皆大歡喜。」

我逼自己注視著他。

「警察先生，我對天發誓。我以我媽的靈魂發誓：我沒找到袋子。我只找到錢。我找到一千一披索，沒別的——」

「你找到錢嗎。」

「是的，警察先生。」

「所以你真的撒了謊？你真的有找到東西？」

「是的，警察先生，沒錯。」

「是在哪找到的？什麼時候的事？」

我騙他說：「四號輸送帶。星期四下午。」我不想讓他們知道當時我在哪。問題是，你可能被自己的謊言困住。灰西裝的男人記下東西。

「你跟誰在一起？有誰看到你？」

「沒有人，警察先生。我——」

「騙人。」警察說著，從一旁走向我。我不知道他用什麼打了我哪裡，我被打到地上。我的椅子翻倒，臉頰被劃破。我跌得很慘，手腕在身下扭到，我看著他站在我上方，準備要踢我。我放聲尖叫，不斷叫著：「不要！不要！不要！」拚命逃向桌下。結果警察沒踢我。他彎腰抓住我，和穿西裝的男人一起抓著我的頭髮和手臂，把我拉起來，放回椅子上。有人還抓著我的頭髮不放。

我叫說：「我和嘉多在一起。」我的嘴裡有血。「只是我朋友而已！可是我沒給他錢！他沒看到我找到錢。對不起，對不起！我和嘉多在一起，我找到一些錢——我沒有……」我開始抽噎。「我沒找到袋子！」

我背後的警察說：「那鞋子呢？」就是他在抓我的頭髮。「鞋子怎麼了？」

我喊著：「我沒找到鞋子，我騙人的！」我想揩揩臉，但臉上都是血和鼻涕，然後又被狠狠打了一掌，打得眼冒金星。我又大叫：「我找到錢！我不想……」我喘著呼吸，抽抽噎噎。警察靠向我上方，一隻大手擱在桌上，一手拽著我的頭髮。

「錢放在哪？」西裝男說。「別欺負他。」

「包在紙裡面。」我說。「應該是帳單。」

「一千一百披索包在帳單裡？」

「警察先生，是電費帳單。應該啦。是橘色的，我覺得應該是電費帳單。」我腦子轉得飛快，奮力求生。

「你識字，對吧？」穿西裝的男人說。「你這廢物識字吧？」

「對，警察先生，我識字！」

「怎麼回事？嗯？」他站在我對面，靠向我，扳起我的臉。我聞到他汗裡有香菸味。

「誰教你這樣的廢物認字的？你叫什麼名字？」

「警察先生，我叫拉斐爾——」

「誰教你認字的？」

「嘉多，還有我阿姨。」

「什麼樣的帳單？住址是哪裡？」

「我沒看，沒注意。」

「多少錢？」

「一千一。」

「剛好一千一嗎？有幾張鈔票？」

「一張五百，六張一百。」

「錢現在在哪？」

「我交給我阿姨。自己留了一張。」

「那袋子呢？」

「警察先生，沒有袋子。」

「騙子，我要殺了你！」他衝向我，我往後倒，但警察把我抓起來，而西裝男扣住了我的喉嚨。我被壓在牆上，我就在這時候失控了，就這麼……大小便都失禁在我腿上——我嚇壞了——我臭得要命，大叫：「警察先生，我沒找到袋子！」

「把他抓出去——抓出去丟掉！」

我被抬起來，他們把我抓到窗邊。穿西裝的男人打開窗戶，警察抓著我一側的手臂和腳踝，我側身往窗戶去——那扇敞開的大窗子朝我而來。我記得有溫暖的空氣。我記得突然之間我就在外面了，然後抓住我手臂的手鬆開，我頭下腳上，只有腳踝被抓住——我看到噁心的牆；好像礦坑——而下面很遠的地方，看得到一片石板地，有些看來像垃圾桶的東西。我這時候尖叫個不停，我抬頭看他們，發現他們都低頭看著我。

其中有人叫說：「袋子在哪？你有找到嗎？」

我只能大喊沒有。嘉多（還有鼠弟）一直問我，我有沒有差點屈服？事實是沒有，並沒有。聽起來很誇張，不過有一部分的我確信我從沒找到袋子，還有一部分的我求著自己不要放棄——或許是為了荷西．安傑利可吧，我們那時知道了更多他的事。抓住我腳踝的手抓得很緊，但我很清楚手隨時可能放開，我會掉下去。我會頭先著地，頭破血流。男人把我搖來晃去，一切都在旋轉，有血、有汗、有我的屎尿，還有牆在翻轉，可是我除了「沒有」，什麼也沒說，他們要不就相信我，要不一切就完了。

我突然被拉上去。

他們把我拖過窗子邊，我的胸前都割傷了，不過我當時幾乎沒了知覺。他們讓我站起來，又掌摑我，然後等著看。

我跪到地上，他們沒插手。

我勉強抓住某個人的腳抱著——然後把頭靠在手上。我跪著說：「我以母親的靈魂發誓，我沒找到袋子。警察先生，我說的是實話——拜託別殺我。我幫不了你們，我說的是實話。」

我哪來的力量呢？我知道那是荷西．安傑利可給我的力量。

我說：「對不起。」我自己也知道，我正在為我的生命奮戰。「我應該跟你們說我找到錢，可是我也該把錢給我朋友，但我沒有，所以我騙了你們。求求你們別殺我，求求你們。」

警察問：「你在哪個輸送帶下面？」

「四號，警察先生，真的——我發誓。」

「包著錢的帳單呢？」

「我放進裝紙的袋子裡。錢我放到口袋裡。」

「拉斐爾，聽我說。」

說話的應該是穿西裝的男人吧。他蹲跪到我旁邊，可是我的頭陣陣抽痛得厲害，其實不太記得了。

「你那個臭氣沖天的小家庭，都靠你賺錢，對吧？」

我點點頭，但沒抬頭。「對，警察先生。」

「你發生任何事，你家的問題就很大、很大條了。你阿姨要怎麼辦？」

「不知道，警察先生。」

「兩個小表弟——他們會怎麼樣？你聽到了嗎？」

「聽到了——我不知道，警察先生。我沒找到袋子，警察先生，求求你相信我。」

「我們可以把你丟出窗子。也可以把你從後面帶出去。現在就可以去——我們有個特別的地方，知道嗎？專門給你這樣的小人渣。那裡誰也聽不到你的聲音。要的話，我們可以在那裡打斷你身上每根骨頭。」他抓住我的手臂，緊捏著舉起來。「就從這根開始。你有聽懂嗎，有嗎？」

我還在點頭，全身發抖又發臭。我被扭著的手臂被抓在半空中，我跪在地上，等著手臂被折斷，手臂太痛了，我張著嘴沒出聲，發不出聲音，只能等待。

「我們會把你丟在垃圾裡，沒人在乎。沒人會來找你——懂嗎？你會死在垃圾袋裡。」

我點點頭，說不出話。

「我最後一次問你……」他舉起我，把我仰著攔腰架到窗子上，我面對著地上，感覺有人抓住我腳踝，所以他們只要一撩，就能讓我翻下去。他們撐住我，我又面向地上了。「你找到的袋子在哪？」

我想往上看，可是手臂扭得很厲害，背又折到。我努力開口，卻出不了聲，然後又試了一次。我說：「警察先生，我以母親的靈魂保證——」

男人喊說：「什麼？我聽不見！」

又往外翻了一點，我尖叫救命。我叫著：「我保證，我保證！我只有找到錢。沒有找到袋子。如果有找到……如果我知道任何人有找到袋子，我發誓你們現在就會拿到。我一定會給你們！我會——拜託，聽我說……」我幾乎無法呼吸，但我說得出話了。「我會帶你們回家，拿袋子給你。可是，警察先生，我沒找到，怎麼給你們呢？」

我開始啜泣，知道這是我最後的機會。我感覺到腳踝上的手挪動了，然後，一段沉默之後，我被拉回房間，丟到地上。

我抬起頭，看到那些男人壓低聲音交談。我渾身發抖，沒辦法動彈。又過了一段時間，有個人望向我，叫我站起來。

他說：「你拉了自己一身，對不對？」

我點點頭，然後攀著牆爬起來，半站半靠。

男人搖搖頭。「你全身都是那臭味，都是垃圾的味道。」他轉過身，說：「我們在浪費時間。小子，你就是這樣，你們全都是。全是垃圾。你是什麼啊？」

我喃喃說：「對不起，警察先生，我是垃圾，警察先生。」

「一千一披索，我們的時間浪費在垃圾上了。看看你。」

他走向我時，我勉強對上他的眼光，準備再被打。

「你活著有什麼意義，啊？」他轉向另外兩個男人說：「看看他——這些人為什麼生個不停啊？把手揹到背後。」

我照做了，等著被打。

他重重嘆氣，我發現他似乎很久沒睡了——又累又恐懼。我在腦裡祈禱——我看出他在上下打量我，納悶我究竟有什麼價值，還是什麼都不值。究竟是有價值還是垃圾？該不該留在這裡，一再拷打……還是丟出去？如果他們帶嘉多來呢？如果帶來我阿姨，拷問出三個不同的故事呢？

我大概屏住了呼吸。

他終於決定了，看著我身後的警察，說：「把他弄出去。我們在浪費時間。」

我感到脖子後有隻手。我被帶出房門，帶下樓梯，一個警衛把我帶下一條通道，又走下一些階梯。幾分鐘後，我到了街上，發現我跑步時跨出的腿彎得像喝醉酒，而且不聽使喚。不過至少我在跑，瘋狂地跑過無人的長長街道。至少我自由了，而且——和可憐的荷西·安傑利可不一樣，我還活著。

我的腿愈跑愈有力。那時我知道，我可以永遠跑下去。

3

下雨了，好冷。

我穩定地跑。不曉得自己在哪，也不在乎——我覺得自己可以永遠跑下去。我跑過街道，朝我看到的任何燈光跑去。我身上完全沒錢，但我不在乎。世界感覺好大，雨好清新，記得那時我在想，乾季為什麼在下雨？怎麼這麼涼快？天空好高遠。之前的時間似乎慢了下來，但前後一定不到三小時，我跑著跑著，愈來愈明白，如果警察只有我這個線索，他們一定沒轍了。我們找到的東西顯然非常重要，然後我開始思考自己有多幸運，當時離死亡有多麼近。

那隻手可能放開，讓我掉下去。我可能被丟掉。就在那一刻，我可能正在石板地上奄奄一息。

我閉上眼，兩手往前伸著，跑得更快了。

我阿姨說：「拉斐爾有找到東西。」他們只有這個線索。就這句話讓他們搜查整個社區，抓了我。我被抓住，不過現在自由了。

最後我終於慢下腳步用走的，我在街道另一頭看到一個認得的地標。我不知道那叫什麼，只知道那是城裡的商業區。地標是座高高立起的士兵雕像。他拔出劍，準備在戰場上衝鋒陷陣。我曾經經過他，看他朝著他的弟兄高喊，為自由而戰！這時我走向他，抬起頭看，說：「他們放我走了。我沒屈服。」

真不敢相信他們會放我走，而雕像繼續叫喊著。

下了一陣雨，吹起一陣我在垃圾山上吹過的風，那是海上吹來的風——颱風的微風，不過當時並不是颱風季。我看著士兵，心想，所以說，我是垃圾嗎？就在那時，我想到，小小的垃圾男孩剛在那些聰明人眼前，靠著撒謊脫了身；我哈哈大笑。一個垃圾小男孩坐在那裡發著抖，說：「我沒有那個袋子。」但我從頭到尾都清楚知道袋子在哪、袋裡有什麼。我們搭上火車，找到寄物櫃。我們得到那封信——是啦，我們的確不知道信是什麼意思。不過垃圾男孩遠遠贏過了垃圾警察，而我什麼也沒告訴那些男人。

我繼續前進。

大概要兩、三個小時才會走到畢哈拉，我知道該往哪個方向走，走得很高興。我經過貨車裡的一個老人和兩個小孩。他們是鏟垃圾的夜間清潔員。我問那男人有沒有香菸，他疑惑地看著我。我忘了我的臉上都是血。

他給我一小截菸，我坐下來，和他一起抽。兩個孩子站在那裡看著我，我臭氣沖天，不過好像沒人在意。小女孩大約五歲，另一個小孩不知是男是女，看起來七歲，從貨車裡拿了一瓶水出來給我，我往鼻子、嘴巴上潑點水，然後就跟他們道別，繼續跑。

跟你們說點別的事——就趁現在說吧。

我們在那台電腦上查到荷西，也就是袋子主人的事。荷西・安傑利可已經死了（願上帝讓他可憐的靈魂安息）。他的名字上過新聞。嘉多之前說：「如果他殺了人怎麼辦？」——結果被殺的是那可憐人。

猜猜他死在哪？

他死在一間警察局。報上說，他死在警察偵訊他的時候。我納悶著，是不是我那間警察局？同個房間嗎？

他們是不是故意把他推出窗子？還是不小心的？

我正跑過一座小公園，於是鑽進公園裡，坐到草地上。雨很小，很涼快。我想那時我太驚嚇了，所以在那兒愣愣地坐了一會兒，繼續想可憐的荷西・安傑利可。

他因為涉嫌一件非常、非常大的案件而被捕——每家報紙都在報導那件事。查過電腦之後，我們去找報紙——垃圾場多的是舊報紙。我們不久就發現要找的，然後就像三個小老頭一樣坐在那兒，我讀給鼠弟聽，鼠弟睜大了眼，不斷點頭。警察以竊盜罪嫌逮捕了荷西·安傑利可。

金額是六百萬。

我們癱著身子坐，努力想像單單就一千美金是什麼樣子。嘉多想把美金換算成披索，結果頭痛得要命，只好躺下來。我們想像口袋裡塞著幾百萬要怎麼走路，接著哈哈大笑，然後止住了笑。

報紙說荷西·安傑利可死在警察局，所以我才堅持不說實話，即使他們把我吊在窗外也一樣——這是為了荷西·安傑利可和他一臉嚴肅的小女孩。而我知道死人會回來，我覺得荷西就在我身邊。

他被控盜竊政府官員（副總統）的六百萬美元，或許他真的幹了，而錢目前藏在某個地方。袋子一定是他被抓之前丟進垃圾裡的——我猜他們也許逼他講了出來，所以才來找袋子。

一份報紙又告訴我們一點他的事。報上說，他是孤兒，後來被一個叫丹特·傑若米·歐隆德里茲的人收養，那人是蓋布瑞·歐隆德里茲之子。那正是我們找到的信上那個名字——蓋布瑞·歐隆德里茲，關在科瓦監獄的男人。報上又說，荷西·安傑利可當了十八年副總統家的男僕。他有個八歲的女兒，沒有其他家人。所以他才寫信給蓋布瑞・歐隆德里茲。

我坐在雨裡顫抖，很清楚我們得去科瓦監獄轉交那封信。

4

我叫葛蕾斯，我只要說一件事。

我在工作上，和荷西．安傑利可合作密切，所以朱利亞神父請我說說他是什麼樣的人。我是參議員薩潘塔（就是被搶的副總統）的女僕。我當他的女僕四年了，跟資深的男僕很熟。荷西人很好，個性溫和，可靠又正直。他的聲音不大。不抽菸。週末喝點白蘭地，不過絕不貪杯。我認識他之前，他老婆就去世了，他出錢讓女兒上學。他女兒叫琵亞．丹特，可是她不能和父親一起住。荷西得住在工作處，而參議員的家離學校太遠，所以他讓她寄宿在她學校附近的家庭，每星期見一次面。他有過一個兒子，但小男孩很小就死了。

不知道還有什麼能講的。

聽說此事的時候，我好難過，而且跟大家一樣都覺得不可能。荷西．安傑利可是最可靠的男人，而且看起來膽子不大。他被抓之後，我一有辦法就去找他女兒。可是到了那裡，他們說她已經走了。我問去了哪，什麼時候走的，甚至還想辦法找她，但她寄宿的家庭一問三不知。不曉得小女孩怎麼了。大家都知道，有很多男孩、女孩流落街頭。

不管荷西．安傑利可做了什麼，他都是個好人——我不會忘了他。

第三部

1

我是奧莉維亞・威斯頓，就是他們口中畢哈拉教會學校的「臨時女舍監」。我在這個故事裡也扮演了一個角色。那幾個男生和朱利亞神父請我詳細寫下來，所以我就寫了。

我二十二歲，大學畢業後想看看這個世界。我來到這個城市時，只打算待幾天，等時差調整好了再繼續飛，和朋友碰面，游泳、潛水一個月左右。

不過我造訪了畢哈拉垃圾場，於是計畫就變了。

我的確有去游泳、潛水——的確有去度假。可是我發現，躺在沙灘上一星期還不錯，之後就開始覺得焦慮空虛。畢哈拉讓我深受震撼，沒辦法把那兒趕出腦中。我原來是去那裡替父母親送捐贈的錢，他們有個朋友在那裡工作。我父親在外交部工作，他出了機票錢（和其他一點別的錢），希望我在旅途中學到一些事。結果啊，沒料到事情大逆轉，朱利亞神父建議我教小孩子讀書寫字。之後我參與了他們在進行的一個水衛生計畫。因為孩子動不動就擦傷或被咬傷，我又參與了非常基礎的急救，而事情發展得飛快，之後我得到「臨時女舍監」這個稱呼，意思是接受白天輪班，有需要就幫忙。

而我戀愛了。

我愛上了望著我的眼睛，愛上了微笑。我覺得慈善工作是世上最誘惑人的工作，而我以前從沒做過這種事。這生中，第一次有人圍著你，說你帶來了改變。畢哈拉的孩子都很美，看他們整天待在垃圾堆上，令人心碎。來這個國家的話，儘管觀光，不過也要來畢哈拉看看垃圾山，還有在垃圾山上撿拾的孩子。你的生命會因此改變。

我認識小洪（就是他們叫「鼠弟」的小男孩）。小洪不肯叫我奧莉維亞——他都叫我「姊妹」，之後是「舍監媽媽」。我心軟得愚蠢——甚至會為了英國流浪貓掉眼淚。小洪大概只花兩天，就把我收服了，我不斷塞給他一點食物、一點錢。我不知道像那樣的男孩子還能怎麼生存。

學校有間休息室，如果一切變得無法忍受，就可以去那裡，躺在電扇下。我們在那裡還有一小台冰箱——那裡也是女舍監的基地。小洪養成了習慣，經常來看我，努力把自己弄乾淨，而我養成了給他東西的習慣。所以他帶兩個朋友來見我的時候，我又驚又喜，渾然不知自己將捲入什麼麻煩。

他們問，我們能不能談談，我猜想應該和前一晚發生的事有關。朱利亞神父在休息，我不想打擾他——他幾乎整晚都沒睡，想查出拉斐爾被帶到哪裡去；警察並不幫忙，我想他應該還很震驚。之後，孩子當然就這麼走回畢哈拉，在日出的時候走了進來。當時我不在，不過我都聽說了——也看得出他被打得多慘。他阿姨把他抱了又抱，抱著不放。顯然全社區的人都出來了。朱利亞神父說，這裡的人就是那樣。他們自己人受到傷害時，所有人都感同身受。

這時他把頭髮往後撥，害羞地朝我微笑。他的瘀青好嚇人，記得那時我在想，大人怎麼忍心打那樣的孩子。他發現我盯著他看，就挪到朋友背後。嘉多（那個光頭男生）溫柔地把手擱在他臂膀上，然後轉身對著我。

小洪說：「舍監媽媽，我們不曉得該怎麼辦。我們有個大問題。妳知道嘉多吧？」

嘉多坐了下來，看著自己膝上。我看得出一來他努力打扮得乾淨了——看起來擦洗過，換了乾淨的T恤。他想微笑，卻顯得緊張。我理所當然地跳到結論，認為他是想要錢——而我準備拒絕。朱利亞神父的一個規定，就是不能送錢。偶爾十塊或二十塊，的確是有——大家不時就會給點小錢。不過那時我認為嘉多準備要一大筆錢。之後聽到他說的話，我大感意外（而且有點慚愧）。他說：「女士，我外祖父在監獄裡，我想去看他。」

我說：「我很遺憾。是哪間監獄？」

他告訴我監獄的名字，我對該城的監獄一無所知，因此那名字對我沒什麼意義，真不知我問了做什麼。

「他為什麼被關？」我說。

嘉多別開眼，瘀青的男孩（就是拉斐爾）伸手摟著他的肩，用他的語言說了些話。我明白我的問題觸及隱私，不過已經無法收回——而且，這也算是合情合理的問題。

小洪輕聲說：「他們說他痛打某個人。可是這不是真的。都是因為賄賂，因為有人想要他的房子。」

我發現嘉多哭了。他揉揉眼睛，說：「他們想把他趕出他的房子！他們告了他，賄賂警察，然後警察就抓了他。現在他們得到他的房子了。」

嘉多又揩揩眼淚，拉斐爾把他摟得更緊了，又用他的母語說了些話（應該是安慰他的話）。

接著，他對我說：「姊妹，嘉多得見他。」男孩腫著嘴，說起話來很笨拙。「妳能幫他去監獄嗎？」

我喝了一口水，小洪替我的杯子斟滿水。

這時我漸漸明白，我想得沒錯：他們的確是來要錢的。他們需要錢搭巴士或賄賂。因此嘉多說話時，我又吃了一驚：「姊妹，我們需要妳一起去。拜託？」

「找我去？」

他們都點點頭。

我說：「你要我去看你的外祖父？」

嘉多點頭。

「怎麼會？」我完全不知所措。「為什麼我得去看他？」

「我們有些消息要告訴他。」嘉多說。「警察在問他的事——所以他們才打了我朋友。也許下次他們就會來抓我了！」

「我不懂。」

小洪說：「舍監媽媽，現在情勢很糟。」我沒看過他這麼嚴肅。「老先生得知道這裡的情況。我們也需要知道一些情報，才能幫他。不然他會失去他的房子。」

「可是你家人，也許找你母親……」

嘉多搖搖頭。「我沒母親。」

我說：「你外祖父一定有兒子。而且一定有探視時間——不能就讓某個人……去探視嗎？我不懂的是，我不確定我能幫什麼忙。」

嘉多說：「妳不了解。」

「沒錯。」我說。「我不了解。」

小洪說：「這裡的監獄，每個月只能探望一次。舍監媽媽，他們就要失去房子了——在這裡，房子就是一切。一旦失去房子，就什麼都沒了。而妳啊——妳是社工人員……」

嘉多說：「妳帶護照去，簽妳的名字。他們一定會讓妳進去。」

我沉默下來。我們終於說到重點了。

我沒聽到男孩又說了什麼；他把頭埋進雙手中。小洪把手放進我手中，說道：「我們請妳幫忙，是因為別人都幫不上忙。」

拉斐爾說：「我們只認識妳一個外國人。而且這裡的監獄……都為所欲為。」

「妳就說妳是社工。」小洪說。「說妳想見他半個小時。他們可能讓妳等，OK？他們一開始可能拒絕。可是只要妳坐在那裡，最後……還是有機會的，好嗎？」

嘉多看著我，眼中依然盈滿淚水。

小洪說：「妳是我們有過心最好、最親切的舍監媽媽。他求妳，是因為不這樣的話，他們的房子可能就要沒了。」

拉斐爾說：「他們打我。他們以為我有些文件，可是我沒有。」

「拜託啦，舍監媽媽？」

就這樣，我發現自己坐在計程車裡，正往科瓦監獄去。

我想是因為虛榮與愚蠢，還有這三個小男孩能一下令我心碎，一下又恭維我，而且從頭到尾都沒說實話。我只帶嘉多去，而我們做的第一件事，是先停到一間大商店前，幫他買些新衣。我說過，他已經盡量把自己弄乾淨了，但衣服、褲子因為經年累月的髒汙，早已硬邦邦。

我永遠忘不了陪他走到童裝部的路上，別人投來的眼光。我也不會忘記他花了多少時間選衣服。我請計程車等我們，心裡想的是速戰速決——**五分鐘大採購**。可惜完全不是這樣。嘉多打算慢慢來，我可沒看過他這麼專注細心的顧客。他要牛仔褲，找的是最貴的。我可不想用西方的價格，買我明知在這座城裡沒花幾個錢做的東西，所以我設法說服他買便宜一點的。之後他又想買籃球球衣，但我覺得完全不適合我們想給人的印象。我帶他去展示襯衫的櫃台，結果他對那些衣服都不屑一顧。這時我開始焦慮了，所以我們再次妥協。我們選了一件T恤，他堅持要過大的尺寸。然後我們選中一件有領子、比較正式的上衣，穿在外面。

他一一試穿過，接著就去結帳——我以為是往櫃台去，結果突然發現我站在鞋子部，而他正看著運動鞋。價錢又一次令我錯愕，但我不得不承認，打扮整齊的男孩卻光著腳（而且是髒腳），一定沒說服力。

我們選了中價位的鞋，到了櫃台，我只好用信用卡付錢。換來的收穫是我這輩子第一次看見這麼開心的男生，而且我不得不說，他實在好看。他從更衣室走出來，翻身一變，不再像畢哈拉的垃圾場男孩了！他變高了，一臉自信與微笑……連走路的姿態都變了。我忍不住親親他，惹得店員哄堂大笑。

我們回到計程車。看到跳錶時，我倒抽一口氣。然後我們就出發了。

2

我是朱利亞神父。

我覺得該說清楚，如果我知道奧莉維亞同意了什麼事，我一定會插手阻止。我應該看得出他們在騙她。問題是，誰也料不到，而在畢哈拉待了六年，我發現我們有些孩子是世上最厲害的騙徒。大概是求生本能吧。說來可怕，但是……信任啊。不該讓自己陷於可能讓人背叛信任的處境。

不過，最慘的其實是我。他們對奧莉維亞下手的時候，同時也對我有個特別的計畫。

拉斐爾和嘉多很聰明。不過小洪……鼠弟啊。他做的事令我錯愕。

接下來，事情就要演變得非常危險了。

3

我是奧莉維亞。對，我知道。真是很蠢。計程車帶我到城裡某區，而我從沒見過那麼多汙穢。在畢哈拉工作的人說出這種話，似乎很奇怪，其實不然。畢哈拉是個龐大、恐怖、骯髒、蒸氣瀰漫的垃圾場，讓人在那裡做事就很難以置信了，更不用說住在那裡。垃圾和破屋——太驚人，太可怕，我永遠忘不了那裡的臭氣。

畢哈拉也讓人想流淚，那兒簡直像無止境的駭人懲罰——只要有一點想像力，看到那個孩子，就能想像他這輩子大概翻不了身了。看到虛弱無法工作的老人靠在他破屋子外的椅子上，就會想，**拉斐爾四十年後就是那個樣子。怎麼可能有什麼改變？**這些孩子註定整天、整夜吸著臭氣，吸著這城市的排放物。老鼠和小孩，小孩和老鼠，有時覺得他們的生活沒什麼不同。

不過科瓦又是一回事。

我們開過裂痕遍布的路。人行道破破爛爛，看起來像不久前經歷過地震。我們開過綴著洗好的衣物和電纜線的低矮公寓。到處都是人，大都坐在那裡，好像無所事事。計程車的冷氣不靈光，天氣愈來愈熱。這時候是乾季，可是聽說有個怪異的颱風要從海上來。微風中帶著悶熱。

車子轉彎，右手邊出現一道高大的水泥牆。嘉多說：「監獄。」然後指著，不過不用說也知道。牆上有一圈圈帶刺鐵絲網，有些從固定的地方鬆脫，散落垂下。每隔五十步就有露天守衛塔，任憑日曬雨淋。我們右轉之後，沿著下一面牆駛去。左邊是竹枝稻稈蓋的小屋，有人在——其中很多是小小孩。我一直看到小小孩坐在髒汙之中，玩石頭樹枝。我後來才得知，那些破屋中的很多家庭都有親戚關在牆的另一側。他們得住在那裡，送食物進去，免得囚犯挨餓。

我們繞到入口，我付清計程車錢，然後走向警衛室。那是間大窗戶的水泥屋子，裡面坐了幾名警衛。旁邊有根紅白條紋的柵欄擋住汽車，還有個手持機關槍的男人。我亮出護照，講出我準備好的說辭。

他們打了通電話。我注意到嘉多握著我的手，而我和他一樣害怕。他們讓我們等了超過兩分鐘，之後另一位官員來到窗邊，要我再說一遍我的來意。之後又過來一個人，我只好把事由說了兩遍，然後他們拿走我的護照。他們給我一本登記簿讓我簽名，然後給我訪客識別證。嘉多也拿到一個。然後他們讓我們通過柵欄，走過一片院子。

走進監獄很嚇人，讓人忍不住擔心，*如果出了什麼事，他們不讓我出去怎麼辦？*我還想到那條界線，那條自由與完全監禁之間的界線就在那裡，必須跨越。打開之後在我們身後關上的，會是什麼樣的門？

我們由人領著經過一間辦公室，來到像一大間等候室的地方。等候室裡放滿長椅，他們請我們坐下。立刻就有警衛來護送我們離開等候室，走過一條走道。走道底是鐵條做的鐵門。鐵門為我們開了鎖，我們通過之後，鐵門便發出金屬相碰、可怕回響的鏗鏘聲關上。他領我們到一間小一點的等候室，請我們坐下。我們在那裡坐了快一小時。

我很快就學到，在這國家，表現得不耐煩是行不通的。而耐心等待、微笑、點頭，則有用多了。嘉多幾乎沒說話。我看到他的嘴唇在動，像在祈禱。

他突然沒頭沒腦地對我說：「『in memoriam』是什麼意思？」

我說：「應該是拉丁文。是有人過世的時候寫的，意思是『悼念某人』。」我問他，他為什麼想知道。

他對我微笑，說：「電玩遊戲。」然後又開始喃喃自語，好像在背誦同一段長禱詞。

門終於開了，進來一個穿短袖襯衫的男人。他露出很溫暖的微笑，和我握握手，自我介紹說他姓奧利瓦。我告訴他，我的名字是奧莉維亞，這話似乎打破了尷尬。他向我保證，奧利瓦先生會盡量幫助奧莉維亞小姐。他手裡拿了我護照的影本，坐到我對面。

他說話輕輕的，彬彬有禮，因為害我等待而道歉。

他說：「我是社會福利官員。典獄長有事在忙，否則一定親自接見妳——我們一向盡量達成這些要求。你們想見的這位囚犯經常收到這種要求。你們給了他的編號，不過號碼不對。確定你們要見的是歐隆德里茲先生嗎？」

我說：「應該沒錯。」

「對，拜託了，長官。」嘉多說。「是蓋布瑞．歐隆德里茲。」

「我說過了，他常有訪客，而且一向樂於會客。你們知道他病得很重吧？」

嘉多對我點點頭，我說：「知道。」

然後是一陣沉默。

我說：「我們來，一部分也是因為他病了。」

「想看他，不是不可能。」奧利瓦先生。「不過有些形式上的規矩。其實如果事先通知，這種事通常能安排得比較好。你們也許可以下星期再來？」

我搖搖頭，說：「很抱歉。」我感到嘉多慌了——他感覺到我們就快成功了。

「真不好意思。這位是我朋友，嘉多。他昨天才把問題跟我說，他說事情很緊急。不過你願意見我們，已經非常好心了。」

奧利瓦先生微笑了。「妳很有耐心，也很有教養。妳是社工，對吧？在畢哈拉工作？」

「我是志工——完全是自願幫忙。」

奧利瓦先生伸手，緊緊握了我的手。「謝謝妳。」他說。「要是沒人來這裡幫助我們，事情一定比目前更糟。本城有很多問題。所有城市都有問題——不過也許本市的問題多過大部分的城市吧。妳在照顧這個男孩子嗎？」

我說：「他昨天很難過。我不是很清楚，不過他跟我說，我或許能幫點忙。」

「他是好孩子嗎？」

「對。」

「他去你們那裡上學嗎？」

我說：「我們希望他去得勤快點。」奧利瓦先生笑了。

他和嘉多談了幾句，然後拍拍他手臂。「你們想見的這個男的，現在在醫院，你們知道嗎？」

「我對他知道的不多。」我說。「我只知道嘉多跟我說的。」

「他健康狀況不好。你們可能會很失望。還有就是環境——探監區。妳以前去過監獄嗎？」

我搖搖頭。

奧利瓦先生微笑了。「其實呢，我們政府有很多迫切的問題，所以沒把錢分配給監獄——我想，你們國家在一百年前也是如此。妳看到的情況，恐怕會讓妳不舒服。如果是這孩子和歐隆德里茲先生之間的事，或許讓他去就好了？」

我說：「我覺得我應該陪著他。」

不知為什麼，我又恐懼了——不過已經走到這一步，真的只能在等候室乾坐嗎？我要利用這一年見識這世界，那時我想，見識過畢哈拉的世界，現在又要見識監獄——或許我學到的會比大學能教的更多。

奧利瓦先生說：「問題是費用。要安排這種探視——所謂的『快速審查』，需要費用。他們在大門那裡有跟妳說嗎？」

「沒有。」我說。

「真不好意思。」他回道。「是安全確認的問題——我們得盡快派人去。給我們一點時間，我們就能通融一下。」他一臉誠心，說道：「事情真的這麼緊急嗎？」

我點點頭。

「我可以去查一下。」他說。「不過我想應該是一萬塊。至於收據嘛——政府太忙……」

「我不需要收據。」我說。我得承認，那時我有點不舒服。那天花了我不少錢。「問題是，我不確定我有帶那麼多。」

嘉多轉開視線。

奧利瓦先生說：「我去拿表格查一下。我也很想幫妳，可是……費用不是我設的，是政府設的。」他微微一笑。「我想政府應該很有錢吧！」

十分鐘後，他回來了，手上拿著一張表格。「恐怕還得替妳拍照。我記得沒錯，是一萬。」

我帶了一萬一。那晚我預計和朋友在高級餐廳聚會，所以早上去銀行多提了點錢。半小時後，他們替我做了一張通行證，上面有我的照片和幾個簽名。奧利瓦先生又和我握握手。

他離開時，大聲吆喝，不久就有四名獄警來到走道。其中一人對嘉多說了什麼，嘉多說：「走吧。」

我還記得他們靴子踩地時迴盪的腳步聲。

我們被帶到有寄物櫃的另一個房間。他們要我們把口袋裡所有東西都清出來——還得脫鞋抖一抖。他們把東西都放進櫃子裡，砰一聲關上門，接著我們就動身走過另一條通道，我聽見遠方有人叫喊——我知道那條界線不遠了，心跳得好快。不出所料，走道引著我們來到一條長廊，長廊被天花板高的欄杆一分為二，男人的叫喊更大聲了，很像來到某種市集。我們被帶到中央的一道門，警衛開門時，我注意到不斷傳來金屬撞擊的聲響。到處都有拍打門的聲音，我還聽到鑰匙在鎖裡的轉動聲。我們忽然來到一個奇怪的無人地帶，很像降壓艙——我們身後的門鎖起來之後，前面的門才打開。嘈雜的喊叫聲中隱約有笑聲，說實在的，就像動物發出的聲音，回聲十分恐怖。原來已經熱得不得了，沒想到更熱了，好像有什麼東西朝著我們呼氣。有人大聲發號施令；大家突然開始匆匆忙忙。最後一扇門開了鎖，他們叫我們進去。

接待我們的獄警喊道：「歡迎！」

他朝著我笑。微笑中帶著誠懇的好奇與溫暖，其實我們卻像走向地獄，感覺好不協調。

4

我預期會看到牢房，沒想到卻是籠子。

左右都有籠子，是舊式動物園用來關獅子、老虎的那種。籠子的高度可以讓矮個子的男人站直，約四公尺長，大概兩公尺深。我抬頭發現那些籠子疊了三層高，兩側架了梯子。兩排籠子延伸下去，其間有狹窄的通道。那裡熱得可怕。我們行經窄道時，發現那兒又通向更多籠子。很像倉庫，只不過籠裡關的是人。

我走在籠子間，左右和上面都有人盯著我看，而且很多人或坐或躺，所以也有人仰望著我。

吵得不得了——好像所有人都在喊叫。嘉多又把手伸向我手中牽著，讓我平靜下來。

不斷有人叫：「小姐，妳好！」還有開心的叫聲——友善的叫聲，還有好多笑聲。欄杆後伸出手，歡笑的臉龐之外，也有嚴肅的臉龐。「小姐，可以施捨施捨嗎？

小姐！小姐！妳好啊，妳好啊。」

我看向右邊，完全僵住了。

我看到一個絕對不到八歲的男孩子。他只穿了條短褲，正朝著我笑。他腿上坐了個更小的男孩在睡覺。

我好像是說：「不行。」然後愣愣地望著他，無法動彈——一時之間不知所措。

嘉多輕輕帶著我往前，但八歲的孩子卻開始心急地大叫，站起來跑到籠子前端，兩手抓住欄杆。「小姐，妳好！」他說。「小姐，妳好——小姐，二十披索。」

我原地轉了一圈。這時我身處在那裡的中央，一轉身就會迷路，因為所有籠子都一模一樣，雖然有編號標示，我卻看不懂。我失去了方向感；眼中只有一張張的臉和揮動的手。我看到男人、孩子。年輕男人、年長的男性，之後又是孩子——身體消瘦，汗水晶亮。幾乎所有人都只穿短褲，還有種放太久的食物、汗水和尿液的味道。

「沒事的。」嘉多說著，一邊抓著我的手。

護送我們的警衛原來沒注意我們停下來，他這時才發現，於是等著我們。有人在問我問題。

「妳要去哪裡？姊妹，妳要去哪？」

「妳叫什麼名字？」

「哪國來的？」

「美國人？美國人嗎？哈囉！」

「愛妳喔！愛妳喔，小姐！」

警衛掉頭回來。嘉多扶著我的手和手臂，努力讓我繼續走。熱得像爐子一樣，而且臭氣愈來愈難聞。我知道我再不移動的話，就會倒下去。謝天謝地，我帶了水瓶——我灌了好幾口，有人在歡呼。人們叫著要水。我失去平衡，靠著欄杆蹣跚——嘉多在我身邊，但他扶不住我。我感到我手臂和頭髮上有好幾雙手，還有不遠處的竊竊私語：

「小姐，幫幫我……」

「小姐，都沒人——沒人來，小姐……」

有個染頭髮的小男孩躺在年長男性的懷裡；有個穿破褲子的孩子在一張報紙上蜷著身子。他們好像住在熔爐裡。

他們在摸我，嘉多拔開那些手。他們的眼神焦切但依然不失禮，即使在絕望中，還是規規矩矩。我感到我愚蠢的眼中泛起無用的淚水。

我勉強繼續走。就像爬山一樣——我設法爬上一階，又一階，彷彿踩著墊腳石一樣，繼續走過走道。我往前看去，看著警衛藍襯衫的背後，跟著他，最後來到一扇金屬門，進了門。門在我背後關上時，我靠著牆，閉上眼，哭了。

有道階梯，我恢復之後，便爬上去。嘈雜聲和氣味漸漸淡去。

獄警說：「他現在在醫院。」

他對另一名獄警說了些話，為我們開了另一扇門。我們離開明亮的光線，我感覺到壁扇吹來微風。這裡的光線微弱，我的眼睛花了點時間才適應。他們正帶我走過一道狹窄的走廊——好像有張輪椅。之後我被帶著右轉，進入空房間，房裡有張桌子和幾張摺疊椅。我找了張坐下，垂下頭，還是覺得快要昏倒了。嘉多好像消失了一會兒——他們似乎只留下我。我又喝了些水，過了一陣子，感覺好些了。

嘉多又出現了，坐到我身邊。

我說：「那裡面有孩子。」

嘉多只是望著我。

「他們做了什麼？」

他聳聳肩。「他們很窮。很多事都做得出來。」

「可是……不能那樣關著人啊。他們犯了什麼罪？」

嘉多沉默了，過了一下才說：「偷東西。也許是打架。」他露出那副淡淡的微笑，像要鼓舞我。「他們有些東西吃。沒那麼糟。」

我們等了……不曉得——時間的感覺變了。也許不久吧。之後我們聽到人聲，來了兩個獄警。他們攙扶著一位非常老的先生走向我們。他穿著寬鬆的深色長褲，白上衣，脖子處有扣子。他不太能走，他們只能慢慢來，對他耐著性子。獄警攙著他，但我發現他也拄著拐杖，痛苦地沿著走道走來。他望著我，熱切泛白的眼睛令我吃驚——他有近視，但眼神帶著渴望——那雙眼瞪視著，彷彿他一直在等著我。

5

還是奧莉維亞。他們要我負責寫出整件事，不過嘉多或許也得講一些。我發現他（嘉多）站了起來，挪到我身後。我也站了起來。好像沒人確定該做什麼。

那個男人說：「奧莉維亞小姐嗎？」

「對。」我說。

他眨眨眼。「坐。請坐。」他用自己的語言說了些話，於是獄警就扶他去椅子上。他汗流浹背——整個額頭都是汗珠，他找到一條手帕，先揩揩額頭，再抹抹臉，最後擦擦脖子。

最後，他終於靠向椅背，微微一笑。他說：「他們告訴我妳的名字。謝謝妳來看我。希望妳不覺得太……可怕。」

說話對他來說顯然很辛苦。他看起來病得很重——身體糟到不該待在監獄裡。我想不出該說什麼。

他繼續說：「我不認得妳的名字。而且沒人願意告訴我為什麼……妳要來探望我。拜託……請妳見諒，我……看得出來吧，妳選在我非常虛弱的時候來。不過我從不拒絕。從不拒絕。」

這男人不只是虛弱；他根本奄奄一息。不曉得為什麼，但我很確定。他皮膚浮腫，呼吸困難，下巴下有一大塊瘤。他似乎很痛苦，做什麼都很吃力，端坐著很辛苦，抬起頭來也很辛苦。他調整姿勢時，我發現他皺皺眉。他又朝著我笑，我發現他臉上根本是皮包骨。這位是嘉多的……外祖父？事情不太對勁。這男人甚至沒跟嘉多打招呼。

他說：「很高興見到妳。妳想知道什麼，我都會告訴妳。妳的簡報呢？」

我依然沒開口，不曉得該怎麼辦。我不確定開口時，我的聲音聽起來會是什麼樣子。我舔舔嘴唇，說：「很抱歉……」我想不出要說什麼。「……不好意思打擾你了。可是嘉多……」

我回過頭，嘉多站在那兒，像雕像一樣一動也不動。嘉多沒跟男人打招呼，男人也沒跟他打招呼。

老人說：「說真的，我永遠歡迎訪客。少了訪客，我可能會瘋掉。訪客一陣一陣的。有時候一連幾個星期沒人，然後好像又成了熱門人物，一天來兩個。親愛的，妳是這陣子以來的第一張面孔。還有妳的孩子，這位是……？」

「這位是嘉多。」我說。「你們倆認識吧？」

老人看看我，又看看嘉多。他似乎大惑不解，然後微笑了。

「你們倆果然認識。」我說。「其實是嘉多想見你，是有關你房子的事。」

老人用母語說了什麼，然後嘉多輕聲回答。老人又說話了，這次嘉多無語。

老人微笑著說：「奧莉維亞小姐。」他閉上眼等待，然後說：「我相信妳這個孩子是好孩子，也很高興他帶妳來。至於妳的問題……」他又暫停一下，喘口氣。「妳的問題，答案是否定的。我不認識他，以前也沒見過他。至於房子嘛……我沒有房子。我幾乎什麼都沒有，很久以前就被奪走了。」

我說：「嘉多，你說他是你外祖父。」

嘉多別過眼。

「我不懂。」我說。「你之前告訴我……先生，我有點搞糊塗了。」

「是啊。我也是。」

「我來這裡，是因為……我直說了：嘉多為了你房子的事想見你。」

我在腦中回想嘉多的說辭，愈來愈疑惑，這令我慌張。找錯囚犯了嗎？犯人編號不對。我們面前坐的，不是我們要找的人嗎？

「奧莉維亞，妳不曉得我是誰，對不對？妳對我一無所知。」

「沒錯。」我說。「我完全不曉得。」

他用母語對嘉多說了些話，嘉多小聲回答。

老人突然抽口氣，閉上眼。「他說妳付了一萬披索見我。看來他花妳的錢，花得很大方。奧莉維亞小姐，目前的行情是一千五。他們曾經跟一位記者要過五千，不過還讓他等了三天，而那時薩潘塔就要選舉了。」

「我不懂。」我說。「你到底認不認識嘉多？」

「不認識。」

「那……」

「他利用妳幫他打通關來見我。妳付的錢，賄賂了獄方。獄警會帶人來見我，我說過，常有人想見我，而我以為妳也一樣。我想，獄方靠我過得不錯吧。」

「可是我不……我還是不懂。為什麼大家要來看你？」

「嘉多，你不解釋一下嗎？」

嘉多用母語說了些話，兩人激烈地你來我往了一陣。嘉多似乎在懇求，但老人打斷他。「不行。」他說。「不行。我們用英文跟奧莉維亞小姐說，是奧莉維亞小姐出錢讓我們會面的，接下來講的都用英文。」他看著我。「妳的孩子在玩把戲，想自己問我問題。他想私下跟我談，但我拒絕他。看得出來妳大惑不解，而——我也很意外……拜託。」

他在椅子上彎向前，我一時嚇到了，以為他要吐了。他靠著拐杖，似乎在等待疼痛過去。他又用母語跟嘉多說了點話。嘉多從桌上拿了一個杯子，從我的水瓶倒滿水，遞給老人，但老人在顫抖。他一手抓向杯子，嘉多還得扶住杯子，小心地餵向他的嘴。老人攀著男孩的胳膊。

「對不起。」他說著，又喝了點。「我要說的是……奧莉維亞小姐，如果我告訴妳，我為什麼被關進這裡，事情就會比較清楚了。妳也看得出來，我快不行了。他們還不讓我出去，知道嗎？我連蒼蠅都傷害不了。」他對我微笑。「妳知道了我的名字，但這名字對妳毫無意義。這也難怪。」

疼痛緩解，他慢慢放鬆。

「我進這間監獄，是因為三十五年前，我控告參議員瑞吉斯・薩潘塔貪汙。妳知道薩潘塔參議員嗎？」

我說：「不知道。」

「他是本國的大人物——我們最可靠的副總統。他在報紙上總有版面。但妳只是遊客，只是路過這裡——不可能知道這些名字。不過嘉多就知道這名字，甚至認得那張臉——對吧，嘉多？」

嘉多點點頭。「誰都認得他。」

「他在本城是超級大人物。妳沒看報紙嗎？」

我搖搖頭。

「我現在也不看了。幸運的話一個月一次——他們不讓我接觸新聞，或許這樣最好。等待改革發生，讓我精疲力竭；我聽到的消息那麼少，或許對我最好吧！奧莉維亞，我從來就不重要，只是本城東區的一個小官，地位卑下。妳不了解這個系統，所以我不……唉，不重要了。重要的是，四十年前我得知薩潘塔參議員盜走三千萬美元的國際援助基金。那筆錢是補助金，由聯合國主導，原先要用於蓋醫院、蓋學校。他們稱之為『種子』錢。『種子』錢對這些事的運作非常重要。一個國家得到這種錢的時候，政府和其他贈予國都必須拿出一定比例的錢。而這次，三千萬會加上我們政府和……私人投資，就是參與的大銀行出的錢。所以那三千萬可望變成六千或七千萬。奧莉維亞小姐，當時的七千萬可以改變這個城市。可是不曾蓋過學校或醫院，本城依然貧窮。薩潘塔參議員偷了那筆錢，而我試圖證明。這案子一直沒進法院，因為參議員立刻就反控我。看來他的朋友比我多很多，權勢也遠大於我。最後，我受控遭起訴，判了罪——而我的指控遭人恥笑。我被判無期徒刑，我想……」

他又停下來，痛得皺眉。

「我想刑期快結束了。」

6

又換嘉多——簡短講些事。只是想告訴奧莉維亞姊妹，很抱歉我做了那些事。我們三個談過一遍，決定辦法只有一個——鼠弟說，也許我們可以告訴妳一部分的事，可是我說不行。說我們除了自己，誰也不能相信。是我說的。

我很抱歉。

請妳別忘了，一遍遍讀著荷西．安傑利可的信的，是我。我們三個都知道我們接近真相了，加上拉斐爾在警察局遇到的事……姊妹，我不曉得他是怎麼挨過的。在那之前，我以為他很軟弱，是個容易屈服的小男孩，可是我錯了。請妳見諒，我們不能告訴妳。只能有我、拉斐爾、鼠弟我們三個知道，而我們已經知道，我們不久就要離開——沒辦法再待在畢哈拉。所以我們不想讓任何人知道任何事。

請原諒我這麼做，希望未來還有機會見到妳。很抱歉妳後來是那樣的結果。

7

蓋布瑞．歐隆德里茲對著我微笑。

又換奧莉維亞了。

他說：「我再告訴妳一些。不久妳就會懂了，然後這孩子再告訴我們，他想做什麼。」

我說：「一個人怎麼偷得了三千萬美元？」

「怎麼偷得了？」

「對。」

「這種事常發生。輕而易舉——錢不是裝在手提箱裡；這跟搶銀行不一樣。在政府裡的盜用，通常是偽造合約：所有人都這兒偷一點，那兒偷一點。靠的是精明的會計和賄賂監督者。薩潘塔先生這事，我知道很多人牽連在內，其中甚至有些人以為他們在為國效力。我幾乎花了兩年，才終於收集了相關文件。奧莉維亞小姐，我像妳一樣，也做過一段時間無支薪的工作，因為我認為這個志願工作極為重要。我們得到假合約的影本，還有空頭帳戶的轉帳記錄。我們得到交易記錄影本，交易的方式都是提現，這個男人向來喜歡現金。是鉅額的美金！美金只是貨幣，在國內沒法使用——這些錢去哪裡了？奧莉維亞，不好意思，這故事我太常說，已經不再……新鮮了。」

我說：「結果呢？」

「他把美金堆在家裡的保險櫃。」

「可是你……你沒辦法證明嗎？」

「我有好多證據。可惜我太天真了。我的辦公室遭人闖入。當晚，我家起了一場大火。我不在家，但我的女僕和司機都葬身火窟。所有證據付之一炬。之後呢，奧莉維亞——之後就厲害了。他已經計畫讓我一敗塗地，準備好控告我的罪名——財務弊案。他們指控我向政府詐取五十萬，並有證據證明我策畫謀害知名銀行家。奧莉維亞小姐……我才知道，那些罪行居然是……我在睡夢中犯下的！一開始，我覺得太誇張了，破綻百出，所以用不著擔心。我的律師也放心得很，確信我們不會有事。可是律師其實被收買了，直接就把我的答辯全數透露給薩潘塔先生；我發現時已經太遲了。整件事誇張到幾乎讓人發笑。參議員很聰明，而我太傻了。在這個國家，窮和愚蠢都要付出代價。幾個月後，正當案子進行順利，我確信會打贏官司的時候……我卻被捕了。我說過，我被判了刑。」他停了一下。「之後一直關在牢裡。」

嘉多站起來，拿塊布壓壓老人的額頭。我看著老人又抓住嘉多的手。

嘉多突然開口：「先生，請問一下。誰是丹特・傑若米？」

老人看看嘉多，然後看著我。

「看來這孩子有不少問題想問。」他說。「他是來問問題的，而我會一一回答。丹特・傑若米是我的兒子。」

嘉多說：「什麼是收穫？還有，先生，有個句子是：成了。這是什麼意思？」

老人說：「什麼成了？你在說什麼？」他壓低了聲音。

嘉多說：「『成了』。『去薩潘塔的房子，您的靈魂一定會高歌』。」

老人嘴唇動了動，開口說：「我要你告訴我，什麼成了。看來你得解釋一下你說的話。」

嘉多說：「我不知道。我也不知道那是什麼意思。不過據說如果您現在去參議員薩潘塔家，如果您現在能去薩潘塔的房子，您的靈魂一定會高歌，因為事情成了。」

老人張開嘴，卻沒說話。他看看我，又看看嘉多。他眼中又有了光芒，坐在椅子上的身體向前傾，抓住嘉多的手腕，輕聲細語地說：「孩子，你是什麼人？別再兜圈子。你知道非常重要的事。」

「我是畢哈拉垃圾場來的。」

「沒錯。我就知道是街頭孩子。」

他緊抓著嘉多。「而且那裡大概是……最黑暗的街頭之一。我有好幾年都在處理街童的事，我兒子也是。奧莉維亞，妳或許覺得我很殘酷，不過在這身新衣服下，我可以聞到街道的氣味，那味道永遠散不去。孩子，你為什麼來這裡？拜託告訴我。」

嘉多說：「先生，因為我找到一封荷西・安傑利可寫的信。我們在車站寄物櫃裡找到的。警察在找那封信，信是寫給您的，寫說事成了，您一定欣喜歡騰。」

「把信給我。」

「我不敢帶來，先生。」

「為什麼？」

「怕他們拿走，先生。」

「荷西每年都寫信給我。為什麼你會有他寫給我的信？」

「我們覺得，信是他在被警察逮捕之前寫的。我們找到信，然後——」

「警察為什麼逮捕他？他現在在哪？」

「先生，警察殺了他。他是在問訊的時候死的。」

嘉多聲音輕柔，但最後幾個字仍然像個重擊。我看著老人又皺眉，彎下身，而嘉多從他身邊退開。他用自己的語言溫柔地對老人說話，而老人似乎受到更大的打擊——我看著他枯老的手握起拳頭。老人抬頭時老淚縱橫，一臉痛苦。

我們看著老人發著抖。他內心深處有什麼撼動了他，但我們無能為力，只能旁觀。

8

換我拉斐爾了。

奧莉維亞姊妹那天是我們很好的朋友，而我們沒機會再見她一面，向她道歉；原因你們很快就會知道了。我們寫這些事向她道謝，有一天，或許我們會再見面，用必要的方式向她說聲謝謝。

姊妹，很抱歉我們騙了妳。

我得說一下嘉多在牢裡的時候，我們做了什麼——這件事很重要。之後我會交給鼠弟來說，幫他寫下來。其實我和他也決定要做某件事，因為很難整天坐著枯等，加上去過警察局後，我就覺得不對勁——我靜不下來，而且大家總是看著我。所以，我們又拿著信，沿著溝渠溜到一個沒人的地方——讓我覺得安心，而且看得到有人靠近的地方。我們蹲下來，又看了一遍剪報，由我把內容讀出來，從頭讀到尾。我也讀了信，信在我手中已經破爛了。我們幫嘉多背信，所以自己幾乎也背了起來——連信最後貼的那串亂七八糟的數字也是。那些名字又一次浮現在我們眼前：荷西・安傑利可，死於警察局的男人。這時候他已經像我的兄弟一樣，我甚至還會夢見他呢。蓋布瑞・歐隆德里茲是他關在科瓦監獄的朋友。還有胖參議員薩潘塔……我讀到薩潘塔參議員的部分時，鼠弟打斷我，叫我再讀一遍：「如果您現在能去薩潘塔的房子，您的靈魂一定會高歌。」

鼠弟說：「這是什麼意思？」

不知道。每次讀，我們都說：不知道，不知道，不知道。

「那他的房子在哪？也許我們該去看看。」

「在綠丘。」我說。「誰都知道。就是荷西・安傑利可住的那裡。」

參議員很有名，誰都知道他在城外有塊像小鎮一樣大的宅邸。大家都知道他又老又有錢，我常常在我掏起來的報紙上看到他的肥臉——那些報紙通常都包著濕都帕。大家都知道，他擁有很多房產——這裡只有五、六個豪族，而他的名字常出現在街道上、城裡高級區的購物中心和矗立的摩天大樓上……他在各方面都是大人物。當了兩年副總統，微笑的臉孔到處都是。

去看看他，是鼠弟的主意，而只要能讓我離開畢哈拉，我就贊成。

鼠弟說：「為什麼到那裡，會讓你的靈魂高歌？」我們想來想去，都覺得去一趟可能就知道了。

我總以為還是老問題。就是錢——搭公車的錢。我把錢都交給阿姨，所以又破產了。

鼠弟跟我說：「沒問題。我的錢還夠。」

說實在，我不相信。我說：「你怎麼會有錢？」這不是刻薄話——只因為他差不多是垃圾場裡看起來最窮的男生，所以想到他的財產不只一披索，我就想笑。他也朝我微笑，搖搖頭。「我的錢比你想的多。」他慢慢地說。「跟我來，來看看誰才是窮鬼吧。」

就這樣，我又得知幾件鼠弟的事，那些事我從前都不知道，也不曾過問。

我們切回通往廢棄輸送帶（十四號輸送帶）的小徑，一路注意著沒有人看到。我那時不管做什麼，都還會害怕。我甩不開恐懼，不斷回頭看，所以我們走下階梯而老鼠衝上來的時候，我尖叫了，鼠弟不得不把我當小小孩一樣地抱著。

我說：「你怎麼有辦法住在下面？」那是整個垃圾場最噁心的地方。

鼠弟哈哈笑，說：「這是我這輩子最好的房子。你很幸運，一向有房子住，所以才不喜歡這裡。」

「老弟，真不曉得你怎麼受得了。」

「跟你說喔，老鼠不會煩我。有些比較友善。」

「晚上呢？」我說。「牠們都不咬你嗎？」

鼠弟被逗笑了。「牠們只是聞聞，OK——也許我在睡的時候會咬吧。可是有什麼能咬的？我身上又沒肉。」

他點起兩根蠟燭。我聽到牆裡有扭打的聲音，還有呦呦叫。

我說：「這裡鐵定什麼地方有個老鼠窩。就算給我錢，我也不要睡在這下面。」

「哪裡都嘛有老鼠窩。只是那個比較大，OK？牠們昨晚吵得我睡不著——應該有幾百隻吧。喔，對了，那個袋子……」

「怎麼了？」

一想到袋子，我就僵住了。

「拉斐爾，你大可叫警察下來找，反正袋子已經沒了。兩個晚上，牠們就吃掉了。皮夾也是，咬光光，連影子也沒了。」

他前後搖動一塊磚頭，然後轉身看著我，突然嚴肅起來。

「對了，」他說。「我最好能信任你。我最好就信任你，你最好值得我信任。我知道你會跟嘉多講，可是不能再跟別人講！」

我說：「講什麼？」我完全不知道他在說什麼。

「我在想，你在這裡——而我要把我的祕密都給你看。你和嘉多，你們這下子可能會把我搶得精光——那我該怎麼辦？」

他很激動，可是我只能笑他。我不是有意的——可是搶鼠弟這個念頭太瘋狂了。

「有什麼好搶的？」我說。「只有一件小短褲，還在你身上咧。」

鼠弟反過來笑著我。他的笑聲尖銳刺耳。磚塊已經放在地上了，他伸手掏向後面的空間，然後用他細瘦的手指，小心翼翼地拿出一小個不比香菸盒大的金屬盒，然後緊緊靠過來（同時老鼠在我們四周跑來跑去）。他把盒子放在兩腳之間，打開盒蓋。

他朝我咧嘴笑。「沒多少好搶的，是吧？想看看我有什麼嗎？我有的比你想像的多。」

「裡面有什麼？」

「埋起來的寶藏啊，小子。兩千三百二十六披索。是我的離開基金。」

果然不假，他拿錢給我看，數過一遍。我應該滿臉驚訝吧，所以他又笑了起來，蹲著搖晃身子。「我還有一個盒子放的是日用的錢。」他說。「也是錫盒，免得老鼠吃了。那盒有兩百六十塊。我想，今天我們算是去度假，所以就從這盒——旅行的盒子裡拿。」

我說：「可是你怎麼有這麼多錢？」我驚訝極了。對我們這樣的男孩子而言，兩千是筆大數目。

「慢慢得到的，我都存了下來。每個人都給我一點。那一點點積少成多，而且我吃不多，有時別人也會給我食物。比方說：奧莉維亞姊妹昨天就給我五十，然後我還回去拿了一份三明治。」

「你存錢是要幹嘛？」

鼠弟垂下頭，似乎在努力思考。然後他爬向階梯邊，仔細往上看，彷彿真覺得會有人偷聽似的。他回來蹲下，把一張鈔票放進口袋，關上盒蓋。然後他兩手架在我肩上，直視著我的雙眼。

「我們兩個現在是朋友了，對吧？」他說。

我點點頭。

「真正的朋友？」他說。

「當然了。」我說。

「ＯＫ。我跟你說一件事，這事我從來沒跟別的男生說。我一直憋著，憋累了，所以跟奧莉維亞說過，然後叫她保證不能告訴別人。」他壓低聲音。一隻老鼠在黑暗中跑過他腳上，就在我們兩個之間；我強迫自己不能動。他說：「我不是這附近出生的。你知道，對不對？你們大都是畢哈拉出生的男孩子，但我來自南方。我在中央車站待了快一年，聽說教會學校的事，所以就來了。」

我又點點頭，他沉默下來。彷彿他心中的祕密太龐大，說不出口。

「拉斐爾，我想回家。」他說。他的聲音小到快聽不見。「從前我逼不得已離開小島。我想回去。」

「你家在哪？」

「珊帕羅。我是在那裡出生的。」

「那就回家啊。」我說，「兩千夠你回家了，對不對？坐渡船要花多少……不知道——」

他哼了聲，我趕緊閉上嘴。

「我當然可以坐渡船回家——要的話明天就能走。可是等我到那裡，怎麼辦呢？光是票錢就要一千了。之後會怎樣？你以為珊帕羅的人靠吃沙子過活嗎？老兄。所以大家才會來這裡——所以我才會來這裡，才會被送到這裡！我得賺一筆錢。需要五萬。我會買艘小船，回家去，捕魚過一輩子。」

「你會捕魚？」我說。

「我當然會捕魚！我還不會說話，就會捕魚了！我還不會爬，就會游泳！我會買艘小船，一直捕魚、捕魚、捕魚、捕魚。」

我望著鼠弟瞧，他聽起來好激動——而那一小張睜大眼的老人臉回望著我。我努力想像他回到他的珊帕羅島，開著他的漁船，拋漁網。我當然聽過那個地方——卻從不知道那是鼠弟的老家。人們會談那個地方的事，我知道那裡很遠、很遠。觀光客去那裡，那裡應該像天堂一樣美。到達和離開時都會想哭——聽說是這樣。

他說：「有船，我就能捕魚。一定好過我們在這裡做的事，對吧？嗯？沙灘上的小屋？」他嚴肅地注視我。「漁船停在沙地上？沒有這些臭東西——也不是用這種……瘋狂的辦法謀生。你和我，還有嘉多，也許我們都能去。太陽起來的時候，我們已經跑走了。可能晚上就走了。想想吧。」

我說：「我不會捕魚。」

「那又怎樣？」他說。「我會教你。要吃的煮了，剩下的賣到市場——還有種花。我有個姊姊就在沙地種花。這點子怎麼樣？」

「我們需要更多錢。」我說。「不只一艘船，我們得買三艘。」

鼠弟說：「嗯，可能吧。不過……」

他沉默了一下，努力思考。「不管怎樣，我們都不能再待多久了，對不對？」

我感覺到他輕觸我的臉。

「不知道。」我說。「大概只能等著瞧吧。」

「拉斐爾，你不能待在這裡。你會一直擔心他們回來找你。」

我依然瘀青發腫，但割傷已經開始復元了。他們把我拖進窗戶磨到的肋骨還在痛，每次摸到就反胃。沒錯——我知道他的意思，不過不曉得他怎麼發現的。被警察抓去的那段時間改變了一切，大家好像也變了——看我的眼神怪怪的，好像我會帶來厄運似的。大家都很高興我平安回來——可是……我阿姨嚇壞了，我也嚇壞了。我還有事沒告訴鼠弟，我覺得太丟臉。

是睡覺的時候。

睡覺很痛苦。我常做噩夢，然後哭醒。說實話吧——我保證過了——我還會尿床。我大喊著醒來時，嘉多把我像嬰兒一樣摟著，表弟害怕地醒來，而鄰居因為我尖叫大吵而敲著牆壁。

我想阿姨也希望我離開，我不知道該怎麼辦才好。

9

我是鼠弟，也就是洪洪——由我說故事，讓人寫下來！

我們在垃圾場坐公車，坐進城裡人擠人的大客運站。上車的時候，拉斐爾先上，負責講話。是啦，他還有瘀青，所以看起來還滿慘的——可是像我這樣的人，常常根本不能坐車，至少一個人的時候不行——會給人當掃把星一樣踢下車。所以我指揮，他開道，我藏著醜臉，直到擠到車後面。

結果到了車站，才發現去薩潘塔士地的巴士是在另一個地方發車，我們只好跑兩哩路，搭上一輛紅色的大車。巴士開過橋下、開過橋上，我坐在窗邊看著公路經過某個像城市一樣大的購物商場，商場有超大的運動場，準備辦超大的拳擊比賽，舞台上有拳擊手的照片，像巨人一樣張嘴微笑。乘客來來去去，追著巴士，收票童尖叫著捶打車身——兩小時後，終於自由了，巴士在太陽下開進果園之間。我們爬上一座山丘，下到谷地，跑這麼遠感覺真棒，感覺得到拉斐爾也放鬆下來了，我們哼著音樂，和前面坐的可愛小孩玩。綠丘就在漂亮的海邊，所以我們甚至看了一眼不錯的海景。有錢人都喜歡來點海景，不是嗎？——比起我們稱為畢哈拉的泥濘和濕都帕，聞起來的確好多了。

然後司機停在一道高大的門前，朝我們吹口哨。

大家看著我們下車，我跟大家說再見，好玩地揮揮手——他們以為我是朋友帶出來的小瘋子，所以也朝我微笑。下到路上時，我哈哈笑著，刻意馬上帶他離開，不過我仔細地看了眼警衛室——我不會讓拉斐爾待在原地，我知道他什麼都怕，而且要是發生任何事，嘉多大概會用他的鉤子摘了我的頭。

門邊兩個守衛盯著我們，我感到拉斐爾開始緊張，不過我們馬上就離開那邊，我走在前面，他就牽著我的手跟在後面。我看到大門後有個帶狗的警衛，另外兩個身上帶有機關槍。有根粗桿子擋住車道開來的車子，路邊有刺釘，預防外人硬闖。路向遠方延伸，樹木、草地布置得像公園一樣——好像天堂，好像副總統先生買下天堂，叫他手下守在門口，免得有人想分杯羹。我們跑呀跑，像出來玩的孩子、沒人會起疑的小孩子一樣大笑，沿著牆一直跑下去。不久又出現另一個一樣大的警衛室，金屬大門緊緊關著——我們繼續走。我猜應該有監視器，不過目前只看到兩道大門上安裝了，所以有點希望了。我很確定如果需要的話，我們可以進到院子裡，只要跳上樹就行了。能跑到離房子多近的地方，則是另一回事。

然後，為什麼靈魂一定會高歌？也許房子燒了，那個胖男人的屁股像豬一樣烤？一定很壯觀。就在這時候，拉斐爾喘不過氣來，突然覺得不舒服，停下了腳步。他把我拉回去，說：「這樣真的好嗎？」

「什麼？」我假裝沒聽懂，想讓他繼續走。

「這樣真的好嗎？鼠弟，我如果給人看見……」

我伸手摟著他，把他推向一邊。「誰會看見你？」我說。「你到現在才問這種問題？花了我的錢，結果只想回家？」

「我只是在想……」他努力冷靜，卻直冒汗。「我們能查到什麼？只會給人追，可能還會挨頓揍——」

「拉斐爾，我們又不是沒被追過。他們抓不到我們啦。」

「可是這次追的是大個子。你也看到那隻狗多大隻了！」

「牠們只是嚇唬人用的，其實懶得要死——」

「我們已經看過那裡了。」他說。「我們看得出那地方是什麼樣子！」

我覺得我得讓他繼續走，所以快步走向一棵樹，拉他過去。

「跟著我就對了。」我說。「你比我勇敢。我們沒問題的！」

我上了樹幹，再爬高一點。謝天謝地，拉斐爾跟來了，不久，我們就在樹葉間，在遠高於圍牆的地方，看著應許之地——我在教會學校讀過聖經，這時對我很有幫助——我感覺自己像個小摩西。我們挪向最細最長又能支撐我們體重的樹枝，輕鬆地跳到草地上，翻身爬起來。然後我們又開始跑，跑向一個小樹叢。穿過樹叢，經過一個小池塘，我們來到一片漂亮的小草坪，有根旗子，還有給小孩玩的沙坑，我認出那是高爾夫球場。附近完全沒人，只有灑水器在噴水，讓青草又鮮又綠，真想在草地上打滾。我們壓低身子，盡量讓突起的地勢掩護我們——可是我們什麼人也沒看到。

不久之後，我們走到一排大樹旁。樹枝低垂，擦過草上，這地方真不錯——很涼爽，而且可以藏住我們。我們鑽向另一側，看出去——然後看到了。

拉斐爾說：「好樣的。」

我愣愣地看著，說不出話來。

他說：「裡面住多少人啊？」

我笑了，笑了好一會兒，好不容易才說：「知道嗎，打賭只有他一個！打賭只有一個大佬，整天看著他的錢，走來走去，想到有人要搶那些錢就怕得要死。」

「那要多有錢啊？」拉斐爾說。「你看看……」

「老兄，你看那些塔——簡直像城堡一樣，簡直像童話故事一樣。」

我從沒看過那樣的東西，因此驚奇地沉醉在其中。我得承認，這個人真會選地點。他買了這片土地上最美的樹林，選在草坪青翠平坦的地方，替他自認為的這個國王蓋了一座宮殿。房子全是黑白的木材蓋成，像條紋和格子，窗戶多到數不清、擦不完。房子一層層疊起，中間有個黃色的拱門映著陽光——好像房子蓋了一半的時候，蓋房子的人說他們該建個教堂來玩玩。兩頭各有一座塔，塔上有城垛，我們的國旗得意地飛揚，到處都是繁複的尖塔和雕像。正前方還立了一大座噴水池，即使在旱季，依然噴著水，除了我們之外沒人欣賞。

我們望著房子的時候，看到一輛警車沿著車道開來。然後，就在我們沉浸其中，滿心驚歎的時候，我們背後不遠處傳來低沉的聲音：「孩子，你們想做什麼？」

我驚叫一聲，轉過身——可是可憐的老拉斐爾拔腿就跑。他一口氣衝到草地上，站在那裡不知該怎麼辦，很像愣住的貓。我鎮靜下來，喊說：「別跑！沒事！」有時候一眨眼就能知道沒有危險，而我知道最大的危險是拉斐爾在沒處躲的地方讓人看到。

但男人的聲音是平靜的。

說話的男人沒生我們的氣。他在附近一棵樹下，就在我們這棵樹旁邊，我確定他無意嚇我們，我們只是沒看到他。他蹲得很低，動也不動，所以我們就這麼從他身邊走過。我看到他手裡有把草剪，還有遮陽的寬邊帽，他顯然是個卑微的老園丁，要維持這裡的整潔，他們一定需要幾百個園丁。

拉斐爾悄悄走回去，躲到我後面，喘氣發抖。

男人說：「你們在找什麼東西嗎？」

「先生，沒有。」我說。

「喔，只是經過啊。你們是來看笑話的？」

「有什麼笑話好看啊？」

男人對著我們倆笑。他看出拉斐爾狀況很糟。「我以為你們應該聽說了，所以才來這裡。坐一下吧。」他說。「來根菸。警衛室的小子說，來了一堆人問報上寫的是不是真的。」

「我們只是在亂逛。」我說。「報上寫了什麼？」

男人又微笑了，他摘下帽子，臉像擺久的水果一樣皺巴巴——曬得黑嘛嘛，老得要命。他從肚子裡吐出深沉的笑聲，笑到咳起嗽來，於是從哪掏出一根香菸點燃，把香菸盒遞向我們。

他說：「只有一些報紙上才有登。不過沒人確定。我覺得啊，他們不想承認——可是那些警車是幹嘛的呢？這才是我們想知道的。」

我拿了根香菸，說：「那警車到底是幹嘛的？」

「你有數嗎？今天有幾輛？」

「七輛。」我說著，伸手擋住照到眼睛的陽光。噴泉周圍圍了七輛車。

「昨天有十二輛。前天……十六，而且總統也來了。坐直升機來的。」

他又哈哈笑了。我遞了根菸給拉斐爾，我們在樹蔭下挨在一起。

「這些警察不曉得為什麼來這裡，到處閒晃，在老闆的屋子裡走來走去。依我看，事情已經結束了——鬧劇沒了，還能幹什麼？我猜他們站在那邊，也都在問同樣的問題。你們知道這裡住的是誰，對不對？你們知道你們來看的是誰吧？」

「知道。」我說。「是參議員。」

園丁側著頭，對我們笑得更燦爛了。他說：「我在這裡工作了二十二年。跟他說過兩次話。第一次我說：『是的，先生。』第二次我說：『謝謝您，先生。』而且他是我見過最胖的人——還得把車子送回原廠，替他加大。他丟掉的食物，都能把我餵到撐！」他咳了咳，深吸口菸。「我真想進去，知道嗎。我想進去那裡，聽聽他們在說什麼。不過猜得出來！大概不難猜吧。」

「是什麼事？」我又問了。「先生，那裡發生了什麼事？」

「他為了掩蓋事實，挽回顏面，一定忙得很。他拚了命只為了不要看起來像傻子。」

我沒再說話了。我心想，讓他說吧——他快說到了。拉斐爾就在我背後仔細聽，香菸讓他平靜下來。

老人閉上眼，吸著菸。他說：「想一想，其實對我也有好處。我想，那些警察站在那兒，彬彬有禮地說：『先生？再告訴我們一次。你們是怎麼讓你們的僕人帶著六百萬元走出大門的？』」他放聲大笑一陣，拉斐爾露出微笑。我也是。

男人終於又開口了：「六百萬美金。裝起來、帶出門。知道他是怎麼辦到的嗎？」

我們都搖搖頭，露出更燦爛的微笑。光是看著老人回憶時那麼開心，就很愉快了。

他說：「這裡的人都曉得。可是報紙有些事不知道——他們還不知道完整的來龍去脈。下手的其實是他們信任的僕人。」

我說：「他做了什麼？」聽起來拼圖快要拼在一起，我感到拉斐爾抓我抓得更緊了。我們又一次接近我們在追查的事了。

「據說，他用的是冰箱。」

「什麼？」我說。「用冰箱做什麼？你是說六百萬美金……他怎麼——」

「是警衛說的。」他說。「有個女僕也這麼說。他的名字上了報，可是他們不肯說他做了什麼。他們也不肯說他們為什麼殺了他。」老人朝草地啐了一口。「欸——他是這裡的僕人。在這裡工作了——不知道——沒我久，不過也很久了。我跟他講過話，一起抽過菸，他這僕人人還不錯。我聽說，不久之前，他奉命要買台新冰箱。舊的那台報銷了，那傢伙需要冰箱裝那堆食物！所以呢——那僕人訂了一個，新冰箱就送來了。僕人說：『請把舊的帶走，好嗎？』很合理，舊的冰箱對參議員只是垃圾，反正得搬走。送貨員沒有異議——何況還有些零件可賣。所以他們裝起舊冰箱，我們的僕人戴著通行證上貨車和他們同行，和警衛談笑——完全沒問題。他們說，包括冰箱用布包起來綁好的畫面，監視器全都拍到了。可是他沒下車。他留在車上帶他們走捷徑。之後他一直沒下車，說冰箱他要自己用，說他知道可以拿冰箱賺點錢。所以他給了他們兩千披索，把冰箱搬到他指定的地方——兩千塊不少了，誰也不會跟兩千塊過不去。他們說，甚至不是搬去房子，而是某個墓園。之後他就行蹤不明了，再也沒人看過他。」

我說：「他把錢放在冰箱裡嗎？」

園丁又大笑。「大家都覺得是這樣。六百萬裝在破冰箱裡！」

他朝房子和警車揚揚頭。

「打賭他們只是站在那兒，完全不曉得錢到哪去了。好傢伙！真希望有機會跟他握個手。」

他收起微笑。

「他們是怎麼逮到他的？」我說。

「不知道。報上沒寫。」他把香菸丟進草裡。「我知道他有個小女兒，所以他們可能跟蹤了她。」

拉斐爾終於說話了：「他叫荷西．安傑利可，對不對？」

老人抬起頭瞪大了眼，然後點點頭：「你讀到了，是吧？你知道他們找到冰箱了嗎？我猜，他們想知道他把錢放哪去了——他們要的就是錢的下落。孩子，告訴你們，真希望他被他們殺掉之前把錢送出去了，因為我相信裡面那個狗娘養的一直在偷錢。偷你我的錢——很誇張對不對？」

他搖著頭。

「堂堂副總統。」他說著，朝草地上啐了一口。「希望他永遠拿不回那筆錢——一毛都拿不到。希望他震驚過度死掉。」

10

這是奧莉維亞的故事——最後一部分了。

老人說：「荷西．安傑利可是我孫子。」

嘉多又把杯子拿到他嘴邊。老人喝了水，揉揉眼睛。

他笑一聲，說：「我有不少孫子。要告訴你們為什麼嗎？丹特，就是你們問的丹特．傑若米，是我兒子；他收養了十三個男孩、十九個女孩。」他微笑了，但那是疲憊的微笑。「我知道這很不可思議，不過那是某種政府計畫。那時候，收養兒童簡單得像……像招計程車。當年丹特成立了一個學校，奧莉維亞小姐，可能就像妳工作的那個學校。他自己有四個兒女，而他發現，收養小孩照顧最保險。每次我碰到他，我都說……」他的聲音變小了。「老天啊。」他搔搔頭。「小荷西，小荷西……結局真悲慘。」

嘉多又用母語說話了。

老人呻吟了一下，咳嗽、掙扎著呼吸。我們耐心等待著。

「荷西最受疼愛。我知道不該有所偏愛。可是荷西．安傑利可……他是最貼心的男孩。而且他很聰明，都不睡覺——老是在用功！他說：『我要當醫生。』很多孩子都這麼說。可是……唉，我們有段時間覺得事在人為。奧莉維亞，妳懂嗎？」

我點頭說：「我懂。」但我沒說實話，其實我一頭霧水。

「噢，嘉多……你沒帶信來啊。」他說著，注視著男孩。「難道信裡有訊息……不安全嗎？」

「我們覺得有。」嘉多說。「我覺得警察可能把信沒收。我朋友曾被抓走，所以我們知道他們在查。」

「那他女兒呢？琵亞．丹特在哪？」

「先生，我們不知道。」

「她無依無靠。」老人一時陷入沉思，然後對我說：「荷西啊，他每年都給我寫信。我生日和聖誕節的時候都會收到。他曾經想當醫生，後來想當律師。丹特一定能籌到錢的——他總有辦法弄到錢！談了好多協議，送了一堆男孩進大學——我是說，夠聰明的男孩。可是小荷西啊……」他皺起眉頭，揉揉眼睛。「他沒那麼小了。我去年還看過他——當然他已經是男人了。他要我見見他女兒——她也是我的教女。噢……」他揉著眼睛。「他好多年前就放棄了學業——只當了僕人，知道嗎？當然比很多工作好，可是我們的期望比較高……我想，他是沒了耐心。」

我說：「什麼耐心？」

老人頓了一下。「不可能永遠等下去。他們讓我們等了多久？永無止境。難道我們要永遠敲著那扇門嗎？荷西沒了耐性，沒了野心，輟學了。他沒告訴我他在哪工作。小子！」他說著，轉向嘉多。「拜託——最好講到重點吧。我好累。」

「先生。」嘉多說。

「你問我成了是什麼意思——那是信裡寫的吧。跟我老實說。」

「對。」嘉多說。

「你記得他是怎麼寫的嗎？你來這裡，就是為了那封信嗎？」

嘉多說：「先生，我把整封信背起來了。要的話……」他看了門口一眼。「我可以告訴您。」

我們倆都看著他。老人說：「你把整封信都背起來了？記在腦裡？」

嘉多點點頭。「沒多長。」他說著笑了。

老人靠向椅背，嘉多舔舔嘴唇。

「說吧。」

嘉多直挺挺地站起來。他把手揹到背後，我腦中浮出他在教室裡背誦的景象。

「致746229號犯人，科瓦監獄，南棟，34K號房。」他深吸口氣。「親愛的祖父。我很久沒寫信給您，但我一直想著您，特別是最近。知道嗎？您生日那天，很多人舉杯祝您健康。我沒有一天不想著您，可惜現在要見您很難，而且我的工作又讓我遠離城裡。」

嘉多暫停一下。

「我也想著您親愛的兒子，丹特．傑若米——悼念著他。我扶養我的女兒，以紀念他、紀念您。祖父，我要告訴您一件重要的事，而我可能再也見不到您了。我要告訴您，種子已經種下，不過不是以您預期的方式。我祈禱並期盼很快就能收穫，很快就能收穫了，因為成了，成了，成了。我重複了三次，要是我能做個旗幟——要是我能把這句話寫在天上讓您從窗裡看到，我一定會做的。吾友，成了。信寫得匆忙，因為事情很難說，而我有不少理由需要保持警覺，這您也跟我說過很多次了。我知道他們會找到我。這封信會藏在密處，附上指示。如果您拿到這封信，就表示我被抓了。請務必尋找我的女兒——用上您所有的影響力；我很擔心琵亞．丹特。不過，祖父，種子很安全——而殿裡的幔子在其中破裂……如果您現在能去薩潘塔的房子，您的靈魂一定會高歌。

「您忠實的孫子，荷西．安傑利可敬上。祝福您、您妻子和您所有孩子及他們的回憶，我們有幸生於您的榮耀之中。」

嘉多停了下來，我發現老人臉色發白。他閉著眼睛，張著嘴，一動也不動，我一時擔心他心臟病發，或是正要發作。我看著他的胸口起伏。嘉多拿起那杯水。

「不可能。」老人說。「他說的不可能是真的。」

「先生，信裡是這麼寫的。」

「還有別的。」老人輕聲說。「他說有指示。」

「先生？」

他勉強睜開眼睛，臉色倏然變了。汗水又濡濕他的臉，他轉向嘉多，向嘉多伸出手，抓住男孩的手臂。「還有別的嗎？一小張紙？」

「是的，先生。」

「當然了。一向都有。你有帶來嗎？」

「沒有。我背了……一部分。」

「為什麼只有一部分？」

「因為……」

「因為太長了？沒有條理？」

嘉多點頭。

「只有數字和斜線，對不對？孩子，你真是個寶。」

「是的，先生。只有數字，開頭是940.4.18.13.14。然後應該是5.3.6.4——接下來我就不記得了。」

嘉多說完，老人喃喃說：「你不曉得那是什麼意思。嘉多，指示在你手上——你有一把鑰匙……那些數字是密碼。」他用母語說話，在椅子上坐立不安，想站起來。

「你沒帶信來。」他壓低嗓門說。「噢，孩子啊，你——你真是天使。你是年輕高尚的天使。這是我和荷西，還有其他男孩用的密碼。這東西叫書籍密碼，只要有書，就很簡單。我們用書籍密碼玩遊戲，不過也用在特別的狀況。這些數字……對應到特定頁數上的特定字母——我得拿我的聖經來。只要知道要查什麼——只要知道規則……密碼就很簡單。」他又用母語說話了。這時他站起來，靠著桌子。

「嘉多，他在說什麼？」

「我要我的聖經。我們用的書是我的聖經。」

「我不懂。」我說。門已經開了，有個獄警站在那兒看著我們。

「妳當然不懂了。怎麼會懂呢？奧莉維亞，我什麼都還沒解釋——這孩子得拿到我的聖經，我想那樣就……噢，天啊。我不能……那樣就能知道種子放在哪。只要他是認真的；他一定是認真的！他不會……鬧著玩——若不是真的，他就不會那樣寫。」獄警朝我們走來。但老人沒察覺。「**成了**是我們用的詞。是耶穌的話，對吧？出自最好的譯本。妳讀聖經嗎？約翰福音，耶穌在十字架上的時候：**大功告成**——成了，我們用這個詞，用來指找到……歸還被偷的所有東西；或許有點不禮貌。我們窮盡一生，就希望成就那件事。妳懂了嗎？」

這時，連我也恍然大悟。我說：「您是說荷西找到一些錢——？」

他打斷我，轉身對獄警說：「長官，我要我的聖經。在我床邊。」

獄警說：「先生，探監的時間到了。」

他又說了一遍：「可是我要我的聖經。」

獄警點點頭，但沒動作。他又用他的母語說了什麼。

老人說：「拜託，我朋友跑這麼遠，我得送他們一點東西。」他用母語說話，而獄警定定地看著他。獄警再次開口時，說的話簡短嚴厲。

老人看著我說：「他現在沒辦法幫我們忙。他說探監時間結束了，而且不准有東西離開監獄。但他說他會幫忙。他叫馬可，他說你們該走了。」

我對獄警說：「我們不能拿聖經嗎？聖經在哪？」

「他說他之後會拿給你們。他叫馬可，我跟他說很重要。他答應我了。你答應了，對不對？」

獄警點點頭。十分鐘後，我站在監獄大門外，嘉多在我身邊。我們等呀等，但沒人帶著聖經出現，獄警也離開了。他低聲跟嘉多說話，而嘉多也認真地回答，兩人握了手。

我們找計程車時，嘉多對我說：「他說現在沒辦法給我們，可是他說他會帶去畢哈拉。」

「什麼時候？」

「不曉得。」

「你沒問嗎？你跟他說了什麼？難道……我不懂是怎麼回事。他真的會帶去嗎？」

「他會要報酬。」嘉多輕聲說。「我想，他會要求不少錢，不過他會帶去的。現在很危險，妳也是。他可能會背叛我們。」

隔天早上發生了很多事，我的故事到此為止。

蓋布瑞·歐隆德里茲在監獄醫院裡平靜地過世。不少報紙都刊登了他的死訊。我想，獄警（就是持有老人聖經的那位）應該立刻就明白，他手上有一位著名的老政治鬥士的珍貴遺物。因此那本聖經的價值會不降反升。或許他偷聽到老人的話，明白了部分情形。或許他僅僅看到那位老先生眼中的光芒，就直覺有利可圖。

我再也沒見過那位獄警，因為我的部分就到此為止了——事情進展迅速，我從沒這麼害怕過。

回家之後，我按原定計畫去晚餐，而且雖然看了那些景象，依然睡得很好。然而，大清早有三個警察來旅館找我，要我跟他們去警察局。我的朋友奧利瓦先生把什麼都傳真給他的安全主任，而有人很有效率地把我和嘉多放進某部電腦裡了。我寫的是我們在畢哈拉的地址，那地址想必讓他們起了警覺。畢哈拉當然在監視之下，而垃圾場的任何活動、任何不尋常的事，都會敲響警鐘，引起他們的注意。

三個警察來到我門口。我嚇壞了——不知該怎麼辦。我通知了朱利亞神父，感謝老天，他立刻趕來，同時通知我父親。警察警告說，他們會查出一切；而我盡量保護那些男孩，向上帝祈禱他們不要再被抓。我猜我知道得很少，算我幸運。我沒提到聖經，而我說嘉多和老人是用他們的語言交談——據我所知，他們是孫子和祖父，在講房子的事。

因為家父的關係，英國大使館有人來了，堅持我天真而無辜。而且我沒犯法，不能對我提出告訴——那位官員一再溫和地說服。

過了一段時間，他們放了我，發還我的護照。我聽取建言，當天就搭上飛機離開這個國家。

這就是我的故事，謝謝你們聽我說。孩子們，我的心留了一部分在你們國家，但我永遠不能回去了。我對自己說，妳究竟學到了什麼？畢哈拉垃圾場讓妳學到什麼，讓妳有什麼改變？

我學到的東西，可能比任何大學能教我的還多。我學到世界繞著金錢運行。有意義價值、美德和品格，有關係、信任和愛——這些都很重要。然而，錢是其中最重要的。而且像珍貴的水一樣不斷滴落。有些人豪飲；有些人口渴。沒有錢，就會枯萎死亡。沒有錢，就像什麼都無法生長的乾旱。只有在極度乾旱的地方（像畢哈拉），人才明白水的重要。那麼多的人，都等著天降甘霖。

我只能向幾個人道別，再也不能回去了。真可惜，而且感覺好糟，因為我的心已經有一部分留在嘉多、拉斐爾和鼠弟身上了，也許大部分都在鼠弟身上，而寫這些事只會讓我更渴望再見到你們，孩子們，這頁被我的淚沾濕了。

再見了，衷心感謝你們利用我。

第四部

1

又換鼠弟了，也就是洪洪，我要講由我帶頭的部分。這段的情勢愈來愈糟，血腥又危險得要命！

我和拉斐爾在溝渠旁等嘉多，嘉多回來不久，太陽就下山了。他一回來，警察也來了。我們幾乎還沒有機會講到話，就聽到警笛聲，天啊，還有一片藍光！要是他們動作慢一點，靜悄悄地來，ＯＫ——他們可能逮到我們，可是，老天啊，謝天謝地，他們愛大吵大鬧，像嘉年華會一樣現身，警笛響遍全城。我們做了最理所當然的事：沒時間說再見，一看到他們就溜，只花半分鐘去拿我的錢，就離開了。畢哈拉有一哩寬，路有好多條，我帶他們下到碼頭，坐垃圾駁船到海灣對岸，然後用走的。

嘉多叔叔還是誰的朋友開了家乾貨店，我們溜進去睡，煩惱著我們被通緝了，究竟該怎麼辦。

我們就是這樣：被通緝，被懸賞，而且沒地方去！信和地圖還在我們身上——嘉多把聖經密碼的事，至少是他理解到的部分，全跟我們講了。我們告訴他冰箱的錢和薩潘塔的房子，我們坐在那兒想了又想，納悶著我們能怎麼辦、該做什麼——大家都很確定我們需要那本聖經，但沒人知道下一步是什麼。

我覺得我們當然要安安全全的，所以那時我有了一個主意。我說，我們應該找個有很多街頭小孩工作、乞討的旅遊大景點，保持低調。那裡有一大群街頭小孩，我離開車站之後，在那裡待了一段時間。所以我們的計畫是這樣：上到邦迪亞附近的脫衣舞廳區，找個便宜旅館附近的點。我們待在人群邊緣，盡量不引起注意。我剪掉拉斐爾的頭髮，以免有人在找我們。剪完頭髮，他看起來像個小瘋子，不過還是很可愛——可愛到可以跟外國人乞討，可惜他不肯。

我說一定要，他說不要。我說我的錢撐不了多久，但嘉多叫我閉嘴。我只好把錢縫進我的短褲，用那些錢照顧大家，在街上吃東西、抽菸，盡量表現得粗野一點。我們待在一起，躲在暗處，和街頭男孩一起在他們的廢墟裡過夜——可是我們還是隨時保持警惕。其實這些男孩不像車站的孩子一樣壞，可能是因為有太多孩子來來去去；不過我想，我們已經習慣三個一起行動了。人群讓拉斐爾緊張。所以我們在洗衣店上頭高高的舊木屋中找到一個小房間。那裡沒比棺材大多少，不過總好過沒門沒窗，而且租金很便宜。我們只能在那裡直挺挺地坐著，所以我們就在那裡小聲談我們的計畫。

我做了點小變動，結果被嘉多笑——但到頭來我成了英雄，不是嗎？我弄來一個舊的外胎撬桿，把屋頂的一部分弄鬆；我不想在屋裡被逮到，而且這也是替拉斐爾做的，他還是睡不好。這是預防萬一用的緊急出口——我們知道事情愈演愈烈。我們知道周圍的情況真的刺激恐怖——即使在這季節，居然還有風，那個怪颱風正在海上逗留。我們都感覺到有重大的事要發生了，已經沒辦法回頭了。對他們倆來說，等於再也見不到他們的家人——我聽到他們輕聲細語、交談猜想，拉斐爾在夜裡哭著要他的阿姨和表弟。

他們永遠不能再回去垃圾場；我想，他們失去他們的家了吧。

我們很明白，一切都得靠那本該死的聖經，和我們那小張寫著一排排數字的紙。我們得拿到那本聖經，然後把這兩樣東西湊在一起。

於是嘉多決定冒險。一天，他借了我的髒衣服，一路走去科瓦監獄。

他在那裡坐了好久，研究獄警從哪出來，然後又花兩天裝聾作啞，看著他們輪班。他看到要找的獄警之後，就跟著他。

他跟著他離開監獄，然後讓獄警發現他，接著又跟了一段路。那個叫馬可的獄警繼續走，最後進到中國城的某間小茶店。店裡只有他們兩個。我們都覺得，獄警一定曉得嘉多被懸賞了，所以嘉多好勇敢。我們一遍又一遍地推敲：獄方一定知道他和垃圾場的關係，而且也和警方談過。他們一定會不計代價地想知道老人和他聊過什麼。

因此，關鍵的問題就是，我們能不能相信馬可。

嘉多回來，跟我們說了壞消息。

他說：「那傢伙要二十張。」

他的意思當然是兩萬。這就是聖經的價錢。

拉斐爾咒罵著，說：「確定在他手上嗎？確定他會交出來嗎？」

嘉多覺得東西在他手上，但危險的是，他究竟會不會交出來。他大可拿一點錢（例如一半），然後出賣我們。提供嘉多的消息，能拿到多少賞金？但大家都沒說出口的是，如果我們被抓了，怎麼辦。我們都知道，要是再被抓，就不可能出得來，準死定了。這時候，我也開始做噩夢，還哭著醒來，我們三個都像小男孩一樣。

但我們就像夥伴一般待在一起。

「你覺得他會交出來嗎？」拉斐爾問了上百次。「就算我們有那麼多錢——你覺得那樣安全嗎？」

嘉多聳聳肩。「要不就忘了這件事，永遠住在這裡，要不就試試。」

不過，我們需要兩萬披索。而我只有兩千不到。我的回家基金正在呆坐之中浪費掉。我說過，我們就快要知道重大祕密，可是那周圍到處都是阻礙。拉斐爾讀報紙給我聽，薩潘塔的搶案每天都有最新報導，多了點事情怎麼發生的小暗示。**警方正在調查線索，將可望逮捕嫌犯**。胖男人什麼也沒說，但他自己有偷或沒偷錢的舊醜聞又被翻了出來，那張大臉顯得很卑劣，不再微笑了。每次新聞的結尾都相同：**從來沒有不利他的證據**。嘉多一遍遍跟我們說老人在監獄裡說的話，我們都很清楚該相信誰。

我好想要那隻肥豬的錢，想得要命，我腦中只想得到那兩台冰箱，還有勇敢的僕人坐在貨車上，在墓園下車。他是怎麼把鑰匙和他的錢包丟到垃圾裡呢——我們總是猜想，不知是他們追他時，他把袋子丟了，還是他放在垃圾裡想讓某個人找到。我們從頭到尾談過，可是一直沒有答案——我覺得一定是最後一刻狗急跳牆的結果，而他們一定是在警察局裡拷問出來，然後殺掉他。如果我上得了天堂，第一件事就是跟他問清楚。他絕對在上面的。一定沒錯。

言歸正傳。這樣過了一星期，哪兒也去不了，我決定採取行動，弄來給馬可的兩萬塊。我一直在腦裡翻來覆去地想，沒跟別人說——可是我愈想，愈覺得沒有別的辦法。

我告訴拉斐爾和嘉多，我要回畢哈拉垃圾場，「只是去拿點東西」，我覺得他們不會讓我去。他們說我瘋了，太危險了。他們說，只要有人看到我，我就可能被抓起來，交出去——現在我們三個應該都被懸賞了。

他們當然想不到我要拿的是什麼，而我怕招來厄運，不想告訴他們。我太習慣瞞著他人，因此沒辦法告訴他們我要做什麼——而且也不能告訴他們，我得在月底前動手，而月底很快就到了。萬靈夜不遠了——那天是亡靈日。我得在那之前完成。

我只說：「我要去。」說了一遍又一遍。午夜來臨時，我趁他們在睡，從屋頂溜了出去。

我應該有說過如果外表像惡魔之子，就沒辦法坐公車吧？

即使遞出錢，還是會像蒼蠅一樣被打扁——我和拉斐爾同行那次很幸運，而且他的笑容很可愛，我又躲在他背後。所以這回我只好走了些路，跳上貨車搭便車。我的好運還在，而且更幸運了——我在市立動物園找到一輛垃圾車，猜猜看它要開去哪？就是畢哈拉，所以我就上車了。接近我老家時，我得提高警覺。因為其他孩子也可能跳上車，他們說的沒錯，要是被看到——我又沒家人，可能會被當狗一樣賣了。

我們平安進了大門。有輛警車停在門邊，車門是開的，我緊張了一下。但警察只是在和守衛嗑牙搔屁股，而警犬什麼也沒發現。

垃圾車載我經過教會學校時，慢下速度，好像我的私人計程車一樣。我飛快地爬出去，落地翻滾，然後鑽進建築物下面。學校是一大塊拴在一起的金屬貨櫃。下層的金屬貨櫃底下有加支柱，所以下面有點空間。我蜷曲在那裡，等心跳慢下來。看來外面沒人，所以我伸展手腳，爬到後面。

前面有個守衛，不過他在打盹，反正這種地方哪會有人闖進去？誰要偷故事書啊？那樣是搶自家人，所以我才覺得好羞愧。我住在這邊，但我不只要偷畢哈拉人的錢，偷的還是朱利亞神父的錢。我不認得我真正的父親，他是目前為止對我來說最像父親的人。他是個好心的老頑童，我很愛他。

我開始爬上屋角。

樓下的窗都有窗板，晚上會上鎖。樓上的窗戶只有欄杆，沒有窗板，而我總是確保有地方進去。說實話，偶爾睡在大房間裡很不錯，不過我不常睡。另外就是，我養成了很糟的習慣，會從學校的保險箱裡偷錢——每月一次，每次只偷一點。我弄彎了兩根欄杆，小心不讓人注意到，而我的頭又鑽得過去。這時候，我已經像幽靈一樣鑽過去，站在老先生那塊地毯上。

我是怎麼偷保險箱裡的錢呢？

是這樣的。保險箱放在桌上，但固定在牆上，並不大，不過要放的東西不多，所以也用不著太大。我猜大錢都透過銀行處理，他們只留點現金日常用（大概是準備用來應急），雖然這麼說，這樣的錢仍然有兩萬或兩萬五，至少我希望有。我從來不多拿，只拿個一百左右，希望朱利亞神父永遠不會發現，即使發現，也會以為是自己數錯了。我每個月只幹一次，最多兩次——所以我那小筆備用金才能累積，拉斐爾比我正直多了，我沒告訴拉斐爾。不過現在我講出來了。

你一定會想，**一個傻老鼠般的男生，怎麼打開保險箱？**答案簡單得可笑。朱利亞神父，我親愛的朋友，您記性一定很糟，所以才把保險箱密碼組合寫在日記裡。神父，您每月底都換一次密碼，然後把新密碼記下來。我每次都會看到日記攤開放在你桌上。所以我記起密碼。這個月的密碼是20861——是我們在用電腦，你替我們拿檸檬水的時候看到的……不過萬靈夜之後就會換掉——所以我才決心回來。

我輸入密碼，保險櫃的門卡答打開。我在保險櫃裡找到兩萬三又多一點。那就是我們給馬可先生換聖經的錢。

錢放進短褲，我準備離開。

一個念頭又讓我停下腳步，我羞愧得好痛苦；拜託別看不起我。老先生的桌上放滿紙張，抽屜裡有支筆。我原先沒這個打算，也很清楚會有風險，可是我不想要您永遠不知情，不知道是誰背叛了您；於是我畫了張圖給您。我會寫「洪洪」，所以在人頭上寫了洪洪，畫了一個大箭頭。我把自己畫成正在擁抱朱利亞神父，怕畫得不像，所以在神父身上畫了一個大十字架。我知道大家是用「x」代表親吻，所以畫了一大堆「x」——然後把紙放進保險櫃。我眼裡帶著淚水。這就是道別了，雖然畢哈拉垃圾場大可以燒掉，我會幸災樂禍地跳舞——可是教會學校是個善良、安全、溫暖、友善、開心又好玩的地方。奧莉維亞姊妹和她之前的志工，是其中最好的人。朱利亞神父曾經跟我說過不少故事，給我食物和錢。他甚至親過我，這可是空前絕後。

這麼想著，讓我很難爬下牆，但我想起拉斐爾和嘉多，還有我們必須做的事。我想起被警察揍扁的荷西．安傑利可；於是我繼續行動。

我等垃圾車來，然後等車子慢下速度。我爬上車子後面，進到垃圾車裡，然後我們出了大門，開上街頭。我在日出前好一陣子就回到我們的小房子，悄悄溜到他們身邊，不讓他們聽到我的聲響。拉斐爾有個習慣，這時對我來說是個好處；大概因為都和他的表弟睡，所以他習慣緊挨著人睡。我爬進毯子下，立刻就感到有隻手臂環著我，把我緊緊摟著——我不再覺得自己是個卑鄙、奸詐、無情無義又不知感恩的小賊了。

那晚他沒做噩夢——安安穩穩地睡到天亮，輕輕朝我脖子上呼吸。

2

又換我嘉多了。

鼠弟瞞了兩天，沒告訴我們錢是哪來的，等他終於說出來的時候，我不覺得有什麼大不了，不過看得出來他很內疚，所以我們說，如果能拿到聖經，而且聖經能告訴我們荷西．安傑利可的大祕密，那麼我們就能拿到那一大筆錢，就可以把那兩萬放回教會學校，順便多加點錢送他們。

鼠弟又開心起來。我們小心地穿過城市，去找獄警——我們找到了他，安排好交換的事，我知道這是目前為止最危險的部分，因為他很清楚我急著要那本書，所以第一，書很貴重，第二——他一定知道事情很不尋常。

我一直想起和奧莉維亞姊妹在監獄的經過，想著他們拍了我的照片，我不停想著，萬一、萬一、萬一怎樣怎麼辦？——搞得我睡不著。

萬一他們在茶店埋伏怎麼辦？

萬一他們抓到我怎麼辦？

萬一他們一槍斃了我怎麼辦？

萬一他們包圍整個地方怎麼辦？

萬一他們全部穿便衣，等著我，而我發現時太遲了怎麼辦？

他們會惡毒地慢慢打斷我們身上的每一根骨頭，而且樂在其中。

拉斐爾把警察局窗子邊的事都跟我說了，我知道我們如果被抓，誰也沒辦法走出那個地方。拉斐爾跟我說的事，把我嚇得要死，我知道我沒辦法像他一樣。所以我知道我死也不能讓他們抓到我或其他人；我會拚死抵抗。

我們約好星期二下午，馬可值班之前碰面——就在老地方：中國城的那家茶店。那區沒有那麼多街童，我想融入環境裡，所以就把奧莉維亞姊妹買給我的好衣服洗起來。拉斐爾和鼠弟一路上都跟著我，不過三人分散開來，保持距離——我們不想三個一起，免得警察就等在那裡。

我花了五十塊買了頂棒球帽，穿上運動鞋，看起來一點也不像街童，而我迅速穿過人群和一切。不過我帶著我的鉤子（我們向來隨身攜帶），我們會乾淨利落地剖開他們，而我的插在背後牛仔褲裡，隨手就能拿到，整個鉤子的邊緣都利得很；這是因為我以前被迫打過架，很後悔沒帶傢伙。

小茶店裡暗暗的，窗板拉下來，而我頭也不抬就走了進去，走向我們上次用的廚房邊那張桌子，桌子上方有盞紅燈，亮度勉強能數錢。馬可比我早到，單獨一人——他滿高大的，脖子粗粗壯壯，我溜進他對面座位時，心想，速戰速決，速戰速決——腦裡的我還在走，但我當場就想轉身走人，雖然四周看起來沒有人，一切安全，連廚房都靜悄悄的。

馬可啊——當然了，他想先看到錢，所以我數過所有鈔票，我在那對小眼睛裡看到貪婪的神色，所以心想，也許我其實很安全，兩萬對他來說已經夠了。我坐在椅子邊，數好錢，準備好——然後他從他的包包裡拿出聖經，放到桌上，這時那裡的中國老闆正把杯子放到我們面前。

我在想，他大可隨便給我一本舊聖經，之後再要一次錢，所以我告訴他，他得證明這是蓋布瑞．歐隆德里茲的書——但我才要求，他就打開封面，我看到書上老人的簽名和筆記——還看到一行行數字，像他提過的密碼那樣。而且整本書破破爛爛的，我猜一定就是那本。

於是我把錢擱在那兒，拿起聖經，速速行動。

馬可大概沒料到我會那樣子溜掉，但我一直在想要怎麼進行，而我記得廚房就在旁邊，所以就往廚房去了——我跳起來，直直跑向廚房。可惜我還是不夠快，給他逮到了；他幾乎撲過桌上，使勁抓住我，放聲大叫，杯子都砸到地上，錢散了一地。他大概看錢掉到地上就慌了，手鬆開一點，我像魚一樣扭來扭去，一隻手掙脫他的掌握，同時看到有人穿過店裡朝我們跑來。我聽到有人吹了哨子，有些人在吼叫——我手臂上的手抓得更緊了，但我拚命反抗逃脫，應該是掙扎求生吧，而馬可叫著：「抓到他了！抓到他了！」

這時，我手裡拿到鉤子。

是啊，我從口袋裡掏出鉤子，轉身朝他臉上一撩；不知道我割到哪，不過感覺鉤子劃過了什麼，而那男人慘叫一聲，向後倒下。他當然放手了，我想我應該命中他眼睛吧——講老實話，希望是眼睛；希望他現在是獨眼獄警，老跟人講他打算在交易後出賣一個小子，那小子轉身挖掉他眼睛的故事——希望他那張騙人的臉被割個正著，這是我送給卑鄙叛徒的禮物。

但我沒時間看，我衝進廚房，和剛要跑進來的一個警察撞個正著；我從他胯下鑽過去，他絆了一跤，我鉤子一揮，可是沒中——然後我衝進一個院子，翻過籬笆，拔腿跑走。

「嘉多！嘉多！嘉多！」

是鼠弟在叫，他就跟在我後面；我聽見兩聲槍響，可是沒感覺被打到，不過有人發出尖叫——我把聖經傳給鼠弟，和他分頭跑，我穿過車流，跑過橋下，大家都在看，不過沒人來抓我，眼睜睜看著我跳上迎面而來的一輛計程車，翻過車頂滾到馬路上——沒一會兒，我爬起來鑽進魚市，把上衣（那件漂亮的上衣）丟了，然後跑過最暗的地方，那兒有男孩子在水溝上殺魚，沒人追著我，但我還是一路狂奔，下到溝渠那裡。我迅速游到破房子蓋到水邊的地方，爬上岸，用我的鉤子撕破牛仔褲，把褲子割短——還有我的運動鞋，我踢掉鞋子，給了看著我的某個孩子，然後沿著岸邊走，走進房屋之間，渾身發抖，一面向天祈禱我的朋友都平安無事。

3

我們的確平安無事，但我們很快就明白，平安不久了。

又換我拉斐爾來寫了，不過是我和鼠弟一起寫，好把事情講正確——因為我覺得接下來的事都是我的錯。我看到嘉多在跑，鼠弟跟在他後面，這時有個警察朝我大叫，我拔腿就跑，衝過馬路，害得公車緊急煞車，狂按喇叭。我想他們一定追著我來，而我又沒那麼快——雖然我回頭跑，他們可能還是注意到我跑的方向，猜到了一點。鼠弟覺得，也許是我們到茶店的時候，他們就拍到我和嘉多的照片了。

反正，我覺得我們差那麼一點就被抓了，不知道為什麼不一開始就抓住我們。或許他們想確定我們要的的確是聖經，而且想知道為什麼。或許他們覺得獄警能制服嘉多那樣的小孩子，覺得他們在茶店堵他，一定會逮到他。我說不準。

反正，我想他們一定拍了照片，所以隔天早上他們才會敲著我們住處的門。鼠弟猜他們一定派人出去，拿我們的照片和錢到處問，所以才會有人洩漏我們的行蹤……

4

還是拉斐爾。

我們在傍晚集合。按計畫從不同路線溜回來，爬上老高的梯子，爬到頂上我們盒子一樣的小屋。我們太高興看到彼此了，因此握著手，攤抱大笑。

鼠弟不識字，所以下去弄食物來，我和嘉多一點也不浪費時間，一點也不浪費，馬上動手。

我們知道時間緊迫，所以就趕緊進行——你以為我們有空睡覺啊？

我們點了一打蠟燭，圍在聖經和紙張周圍。一開始我們不得不爭論書籍密碼到底是什麼，雖然實際從老人那聽來書籍密碼的事的人是嘉多，但想出書籍密碼怎麼用的人，可以說是我——這樣講對嘉多有些不好意思，不過我的眼睛比較利落。他說是我們一起完成的，倒也沒錯啦。

我們像兩個小學生一樣坐在那兒研究。聖經的封面磨損，紙頁髒髒的。封面內頁有一列數字：937, 940, 922……都是大數目，總共有十個，由上而下排成長長一列。話說我們沒學算術，不過為了生存，總得用到加減——我們都不笨，所以還有點概念。

他們標記的都是後面的頁數，嘉多記起來老人講過福音。

他說：「約翰福音。**大功告成。**」

我們就從那裡開始找，而那裡也有很多指印。那些紙頁染上顏色，太常使用了，所以甚至變得比其他頁面還薄——我們得小心不要撕了那些紙。寫耶穌釘到十字架的段落在九四〇頁——就是那串數字中的第一個。於是我們專心看那一頁。下面空白的地方寫滿某個人的筆跡：

> 就在這時，天空變黑，耶穌喊道：「成了」——殿裡的幔子，從上到下裂為兩半——地也震動；墳墓也開了，聖徒復活……

嘉多發現，印刷字的每行都用一個小數字標了聖經的節數，我們試了不下一百種組合，正著試又倒著試。我們把那串數字對照那一列數字。試過從上面數下來，然後橫著數，可是誰也不知道我們要找什麼，所以並不容易——結果就由他試一種方法，我試另一種，然後反駁他。最後我們不斷在原地打轉。我們只知道，我們有的數字

（940.4.18.13.14）要用某種方式對上內容，轉換成字母——老人是這麼說的。可是不論怎麼試，拼出來的字都沒意義。

鼠弟回來時身上有蘭姆酒的味道，他帶了一點吃的給我們。我們吃的時候，他去睡了一下。

之後，我和嘉多開始嘗試更多組合。我們點燃新的蠟燭，不再爭執。由他先試一次，然後換我試一次。他試的時候，我坐在那兒想啊想；我試的時候，他也一樣。

那時應該是午夜了，或許這就是奧妙之處。

那時是月底，我們正步入萬靈日——那是這兒的亡靈日。也許荷西．安傑利可和蓋布瑞．歐隆德里茲出現了，坐到我們身邊——我發誓，房裡感覺好擠。也許是他們把答案放在他腦中——所以嘉多中獎了。他不是由左向右，而是從右向左。往下四行，向左十八字，他得到大寫的「G」。往下十三行，向左十四字，他得到一個「o」。我們頭一次得到一個完整的字了。

他又移動了五個字母，結果什麼也沒有，我們判斷斜線可能是指換頁，所以我們就翻頁了。

結果沒有用，所以我們往前翻一頁。往下五行，向左三個字母，得到「t」；然後往下六行，向左四個字母，得到下一個小小的「o」。斜線代表「往前翻一頁」，這下子我們有了兩個很有意義的字，我們看著這兩個字，幾乎屏住呼吸：

「Go to（去）。」

只要碰到斜線，我們就往回翻一頁，所以是把約翰福音倒過來翻。我們小心數著字母，字好小，眼睛看得都累了，而答案愈來愈清楚。我們犯了些錯，可是我們哈哈笑著；整件事開始水落石出。

Go to the map ref where we lay look for the brightest light my child.（我的孩子去地圖座標上我們靜臥處找最明亮的光。）

鼠弟醒了，我們把這句話讀給他聽。

他握握我們的手，我們抱抱他，然後他說：「我知道地圖座標是什麼。」天啊，他的眼睛真是又大又閃亮。「我上過某種課，大家都在看地圖。地圖座標指的就是地圖上的座標，說的就是這個。『我們靜臥處』是指我們——我們碰面的地方，是嗎？他覺得他的小女兒會讀到這些。」

我說：「打開地圖。」那時我覺得他在賣弄聰明，不過我們要學習盡可能嘗試任何人說的任何事。「我們再看一遍。」我說。

我們已經看了上百次，這時又一次盯著地圖，尋找箭頭或叉叉，納悶著記號是不是被擦掉，看得眼睛都痠了。我們看了又看，鼠弟說：「座標是指數字的座標，OK？應該是一行數字。」

我說：「又是數字？」我的頭都痛了，但我們回頭看那封信。除了我們剛破解的密碼，信上沒別的數字，我們只好繼續看著地圖。地圖邊上印滿數字，可是我們依然想不通。最後，我看了信封一眼，上面寫著：746229號犯人。

我念了出來。

嘉多輕聲說：「那不是他的編號。」

「什麼不是？你在說什麼？」

「我們待在等候室時，監獄的老大進來，問奧莉維亞姊妹名字對不對。他說我們給的編號錯了，一開始，我以為我們完全找錯了。」

鼠弟說：「我只記得，要上下對。」結果就是這麼破解的。我們把六個數字切成兩半：746和229。地圖上果真有74和22，就寫在地圖邊，帶著我們來到中央的一個方格。方格裡是墓園。其實墓園占滿了整個方格，但我們怎麼找也找不到6和9是什麼。

鼠弟小聲說：「他把冰箱運到墓園旁。園丁說的。」

「我們靜臥之處。」我輕聲說。「指的是我們……埋葬的地方。」

沉默了一下，然後我們又笑了，不過盡量壓低笑聲。有道微微的光透進來——我們研究了一整晚，終於得到答案。我們互相握手、擊掌，嘉多還在我頭上親了一下。我們終於得到解答，愈來愈接近終點了。城中央的墓園——就是納拉沃墓園。我們將去找最明亮的光——或許是哪座特別的墓吧？或是教堂的某個部分？垃圾男孩又一次搶在垃圾警察之前了。

結果大錯特錯。

5

這次他們安安靜靜地來。

這段由我洪洪說，因為我清楚記得事情的經過。我耳朵最利，跳得最高，跑得最快——他們覺得我在吹牛，可是他們明知道是真的！

他們在大清早來，想抓到睡夢中的我們——應該有便衣也有穿制服的，把我們緊緊包圍。兩個小子吹熄了蠟燭，大家正摺起紙張，就聽見下面梯子傳來沉重的腳步聲。

為什麼我會停下動作，發現不妙了呢？不知道。大概就像拉斐爾說的，是荷西和蓋布瑞幫的忙——因為亡靈日那天，好兄弟會看顧我們。總之，我說過那時非常安靜——我們通常聽得到樓底下的老太太大呼小叫，乒乒乓乓，因為她有十個孩子，太陽還沒出來就在搗蛋。於是我們全停下動作，納悶著早晨的聲音怎麼不見了。

也許就是她讓我們知道的？不曉得。

我聽見下面有人說話，聽起來很擔心。加上爬上梯子的腳步聲聽起來太沉重了，大概是這樣吧——住在我們這上面的人得輕手輕腳，而他們的腳步聲聽起來太重。

我馬上到屋頂開口那裡，推開屋頂。

拉斐爾怕到差點動不了——我還得打他一下。嘉多和拉斐爾收起他們的家當，我們靜悄悄，動作很慢很慢——以免發出聲音。如果來的是警察，我們要他們走進門，才發現房裡沒有人。他們可能會覺得我們在附近，因此先在附近搜索，撞開隔壁小房間的房門——而我們絕對不希望驚惶失措，讓他們看到我們在逃跑。所以雖然我肚子發疼，腦裡的聲音尖叫著，**快走啊！**我們還是逼自己慢慢來。

我先走，然後引導拉斐爾，拉斐爾再引導嘉多。我等著大吼聲，甚至槍響——他們不會再那麼蠢了，應該已經把整個地方都包圍了吧——結果屋頂上居然沒人。

這時候，我聽見腳下有人叫著嘉多的名字。

「嘿，嘉多！是你表哥啦！」

騙人。

「嘉多？喂！他生病了。」

超誇張的謊話，反而明示我們該走了。

我們像三隻受驚的小貓一樣，壓低身子，在那裡等了一下。然後我招招手，三人藉由電視天線的幫助，悄悄溜下到隔壁的屋頂上。屋頂之間有電線橫越，但我們都知道有可能漏電，碰不得——只要給電線電過一次，就知道要小心了。於是我們踮著腳尖下到屋頂上一個凹處，躲在那裡絕不會有人發現。

好運不變。

有個男人坐在窗裡抽雪茄，他看著我們。我們還看到一些其他人——有個女人正抖出洗好的衣物，兩個孩子在和狗玩。大家都停下動作看著我們，可是沒人說話，連狗也沒叫。

然後我們聽見下面傳來捶打撞擊幾間房門的聲音，我們知道警察開始行動了。這時立刻傳來奔跑的腳步聲和叫喊聲——我們聽見大狗叫還有引擎發動聲。突然之間，有個警察從梯子爬上一座壁架，高度和我們相當——而他正直直望著我。

他喊了些話，嘴裡含住一枚哨子。然後我看到他伸手拿槍，但他還爬在梯子上；他還來不及瞄準，我們就跑走了。我們的周圍和腳下的世界，如今吵鬧不堪。

6

換拉斐爾了。

一天之內逃命狂奔兩次如何？我們兩次都怕得要命，以為自己的心臟會炸開。可是其實呢，事後回想起來，鼠弟一天到晚給人追，他的感覺一定特別敏銳。他在車站的日子很糟，不過在畢哈拉可能也很糟——有人就愛把怪牙瘦小子抓起來，看他有什麼玩意兒。鼠弟發現有動靜的時候，腳已經準備好跳開了。

拿槍的那個警察動作緩慢，但危險的是還有多少人，而我們得逃得多快。鼠弟帶頭，我們來到屋頂邊緣，翻過一座矮牆。我們從矮牆跳到長長的倉庫屋頂上，沿著倉庫的水溝跑。一時間沒有人追，但之後又看到下面草地上有個警察撞開一道門——然後整個過程又從頭來過：他拔槍，哨子拿到嘴上。結果他沒機會開槍，我們就繞過一些煙囪，爬上斜坡了——可是他有無線電，我們都知道他們一下子就會把我們團團包圍。我們的腦子得動得飛快——再次感謝鼠弟，他對那地區已經很熟了。是他花時間和街童打招呼，所以發現機會，好好把握的也是他。

隔壁那棟就是那些孩子住的地方，我們三個都在那兒待過一夜。鼠弟馬上明白我們得混入他們之中。警察要怎麼過濾一百個小孩呢？這是他最聰明的一招。

話說他們住的地方，就是我們面前這個地方，是個老舊的大型公寓，好幾年前鬧過火災——只是棟巨大焦黑、醜不拉嘰的水泥建築，誰也不知道該拿它怎麼辦。那群孩子就住在裡頭——至少有一百個，他們撿垃圾、乞討、掃街，做你不想知道的事。把他們轟出去，他們又回來，之後經過大規模驅趕，他們還是跑回來——這些老地方總是這樣子。

我們腳下的屋頂就接上那裡，我們只要一跳，就能跳進公寓窗子。跑到邊緣的時候，我們看到有些孩子正在挑揀他們的早餐。一個小孩朝我們抬起頭，揮手。

那一跳得跳很遠，我知道我和嘉多怕到不敢嘗試，呆呆看了一會兒。但我們還是跳了，鼠弟帶頭，再來是嘉多，最後是我……我就這麼縱身一跳，讓他們想辦法抓住我，把我拖上去，結果我又搞得滿身鮮血。然後我們又跑了起來，跑過來看我們、來幫忙的孩子，圍到我們身邊（很少孩子沒被人追過，所以他們知道我們在逃），為我們激動起來。我們大家一起跑。我們找到下樓的樓梯，所有人都尖叫大笑，朝著朋友喊叫，我們一下子就成了一大群人，湧進走道。

我發誓，我們因此得救了。

我們跑到街上時，就像鳥一樣胡亂散開，在街上朝四面八方湧去。街上有兩輛警車，還有一輛鳴著警笛而來。警察拿著無線電，舉著槍，伸長了手要抓我們，東望西望看著這群小男生、小女生飛奔過他們身邊。其中一人抓到一個孩子，結果所有小孩都逃開他身邊，嘲弄大笑，好像在玩遊戲，然後衝向街上，害得一輛卡車緊急煞車，車頭急轉彎開上了人行道邊，直直撞向警車。

接著，我們散開來，鑽進巷子和店門，像鳥一樣飛得無影無蹤，警察無補於事地追著，但已經放棄了。我們這群除了我們三個，還有五、六個其他男生，不過這時他們自己跑開，而我們三個已經安全了，直到跑到一條路上，我們才停了下來。

然後，神奇的事發生了。

嘉多做了件聰明事，聰明到讓鼠弟忍不住親了他，不過他說他沒親！他老神在在，拿出剩下的錢遞向一輛在尋客人的計程車。我想司機是驚訝到停了下來，而我們搶在他聞到我們味道之前，一股腦地擠進車裡。幾分鐘後我們放鬆下來，這時車子已經開到超級高速公路南段，司機手裡拿著兩倍的車錢，也露出了微笑。

他不停說：「你們要去哪？要去哪？」

我們說：「納拉沃墓園。」

不然還能去哪呢？就是地圖上的那個方格啊。

說來好笑，知道嗎？在這特別的日子裡，大概半個城市的人都往那裡去——我們只是跟著人潮走。那天是亡靈日，而納拉沃是全城最大的墓園；所有人，不論貧富，都要往那裡去。所以我們在座位上坐低，不久，那位開心的司機開上斜坡，一路狂飆，不論公車卡車他都超。他打開收音機，我們跟著唱起歌來。

我們搖下車窗，隨著太陽愈爬愈高，照進我們的眼睛，我們唱得更大聲了。是啦，事情還沒完，早得很。不過我們又活了一天，這就值得唱歌了！

7

我叫弗萊德烈可．貢斯，我是做墓碑的。

我替朱利亞神父講件小事。神父，您請我說，所以我就告訴您了。

我遇見荷西．安傑利可的過程，和我遇見很多客人的過程一樣。我在墓園路上有間工廠，就在製棺師傅後面。我擅長做些簡單的小墓碑。我很清楚我的客人根本沒什麼錢，光是租墓地就幾乎花去所有的積蓄。所以我不斷調整，最後砍到最便宜的價錢。不過往生者一定要有那塊墓碑：那是一個提醒，永遠提醒我們，這男人、女人或小孩曾經存在過。

有些墓上的名字是用油漆，甚至用筆寫的，誰都知道這樣有多淒慘。我說啊，完全用石頭做，就不會有人碰你的墓。其實窮人根本不會選擇土葬。這裡的地面空間不夠，所以在納拉沃，墓是往上建造。窮人的墓是水泥箱，體積只大到裝得下棺材。墓往上疊了又疊——有些區甚至疊到二十層高。這裡的葬禮是把棺材放進去，然後看著水泥室封起來。我的服務包括把我做的墓碑固定上去，再封起水泥室。

荷西．安傑利可的兒子死掉時請了我。再見到他時，聽說他女兒也過世了，我真難過。所以他在世上沒有別人了。

他瘦弱溫和，總是輕聲細語。我知道他是有錢人家的僕人，不過別的就不曉得了。那天他一大早來找我，看起來很久、很久沒睡覺了。他只給我一個早上做墓碑，很不尋常，而棺材當天就要搬。他說，沒有親戚，所以儀式很簡單。

我對他寄予滿心的同情，而他付了兩百塊押金，我就開工了。

他選的字是**琵亞．丹特．安傑利可：種子要收穫了，我的孩子。成了。**

字不是我親自刻的。我兒子十歲，已經是傑出的雕刻師了。他以前會粗雕，由我收尾。現在他能收尾，還發展出自己的花體風格——小小的雕飾讓優雅的字體錦上添花。他四小時內就完成墓碑，我們把墓碑放到一旁等候著。

我怎麼知道是騙人的呢？他在我眼裡好溫馴、好祥和——臉上沒有一點不實在的感覺。他拿了墓碑，從一個皮質小袋子裡掏錢付給我。他讓兩個年輕人扛著墓碑走在他後面——兩人看起來像清道夫。沒有教士。我跟著過去，看到棺材放了進去，然後一起為孩子祈禱。我封上水泥室，把小墓碑固定起來。我只看到憂心與悲傷，他這男人彷彿被折磨得空無一物。他臉上沒有一點不實在的樣子。

我讀到他在警局死掉的事，只想到，真是個可憐人。我把新聞讀給兒子聽，我們還替他禱告。

《星報》號外
破案指日可待

本市警方發言人昨晚表示，當局正以「專業、積極而不屈不撓」的態度追查重要線索，必將追回副總統宅邸失竊的不詳金額款項。「這麼多錢不可能一直藏著。根據經驗，某處一定會有人很快挺身而出加以揭發。到時候我們便會出擊。」

發言人嚴正拒絕透露進一步的細節。「調查進行到敏感的階段，正在約談匿名人士。只能說我們有信心即將得到突破。」

副總統薩潘塔先生對爭論並不陌生，一直以來常受指控與流言糾纏。薩潘塔是律師出身，對攻擊的反應激烈，舉國皆知，時常控告批評其政策者——至今從無敗績。參議員的一位發言人指出，他「非常消沉，但仍懷抱希望」。

消息來源指出，竊犯是參議員家中的工作人員。總統女士曾於上週四親自探視薩潘塔，並表示：「我們與遭遇損失的同仁同在。竊盜就是竊盜；讓人覺得受到侵犯。」

副總統薩潘塔先生目前仍為其子公司「餵養我們！」起訴案之關鍵證人，該公司因積欠兩百萬美元債務而倒閉，爾後於去年經濟衰退期間涉及提高稻米進口稅。審判程序已進入第四年。《星報》再次重申，副總統否認所有指控。

《詢問者報》
薩潘塔痛失鉅款！

高喊「人民萬歲」的副總統兼參議員瑞吉斯．薩潘塔據說「非常關心」他的損失，此即上週其私宅竊案中失竊的不詳金額財產。接近這位大人物的消息來源指出，他身邊聽得見針或鈔票落地的聲音——偶爾甚至聽得見絕望的呻吟。更親近的消息來源透露，我們頗受愛戴的副總統「大為震怒」——眾所周知，參議員的怒火會引來什麼後果。

不過三年前，薩潘塔參議員命警方拆除貧民窟營地，以便建造他全國首創的影城百貨複合廣場，因而聲名狼藉。他也因為給文盲看的誇張海報出名，海報中歡笑的孤兒拿著寫上他名字的標語——而這些兒童並未得到酬勞。

副總統一向以推廣教育為政見，主導的教育預算卻在兩年間縮減了百分之十八。

副總統對此暫時未做回應。

「怎麼搞的……？」

《每日星報》

莫亨日記

風向大變！瞧瞧瑞吉斯・薩潘塔笑口常開的臉，他這下眉頭深鎖了。謠言是真的嗎？我們這夥伴一輩子都發誓自己清白，其實卻像後車軸一樣吸滿油水？

如果他真的有一千萬美金失竊，就有人要問了：「先生，你家裡怎麼會有一千萬美元呢？」

誰都需要現金。我們都在身邊留一點小錢……可是一千萬，而且是美金，是怕提款機故障嗎？

床下藏著一千萬，不是有人沒繳稅，就是偷了別人的錢。

先生，我沒這麼說——別關掉我的報社，別槍斃我家人！

《大學之聲》

學生說，到此為止

副總統兼參議員瑞吉斯・薩潘塔在家中藏了數百萬美元，顯示他身處腐敗的另一個世界——不應連任。我們的國家依然能前進，但前提是要先告別貪婪卑鄙的老頭。

該由年輕的新人上場了！

學生會主席夏璐薇．阿妲玫昨日對修習文憑課程的學生演說，慷慨激昂，清楚表達了她的感覺。

她表示：「五年前，薩潘塔的競選標語是『最燦爛的微笑，最敏銳的頭腦』。我要加上兩句，『最不可靠的良知，最黑的心』。他花了超過三十年填滿自己口袋，最大的成就是讓國內窮人覺得自己卑微而無能為力。」

我們國家現在需要的是什麼？

三件事：

革命。

再革命。

等塵埃落定——再來一場革命。

第五部

1

這是拉斐爾、嘉多和洪洪（鼠弟）合寫的：

亡靈日算是這裡一年中最重要的節慶——甚至比聖誕節和復活節加在一起還盛大。亡靈日會點起上千萬根蠟燭，亡靈回到人世，手牽著手走動，所有人都去看他們失去的親友，而亡靈從地下浮起，向他們打招呼。

所以車速一下就變慢了，不久，我們就陷入一長串車流裡——最後計程車把我們丟在通往墓園的路旁，我們走在一片花香間。

到處都是你推我擠的人潮。

大家懷裡抱著小孩和寶寶，大家族全家出動，一些男人頭頂著桌子，推車上疊著椅子；他們還帶著一箱箱啤酒、大瓶清水，運冰的推著大塊大塊的冰，叫喊著要人讓路。還帶了小鍋子、一袋袋食物，大家盡可能盛裝打扮，像要參加嘉年華會一樣——小女孩穿著新衣，雖然是炎熱的早晨，男孩子還是打上了領帶。這是家人團聚的日子。大家會在墓旁搭起棚子，坐下來聊天、吃喝，直到午夜。傍晚時，蠟燭讓整個墓園閃亮亮——這就是需要多張椅子、多個杯子的時刻。這時候，你轉過頭，就會看到死掉的阿嬤在你身邊，一把老骨頭穿著你讓她下葬時穿的衣服，帶著一百個還沒說的故事微笑淡去。這時候，你失去的孩子會再次在你腳邊玩耍，如果你和死去的兄弟有過爭執，這時就能把事情解釋清楚，平息紛爭。朱利亞神父把復活的事從頭到尾跟鼠弟講過一遍，我猜他講的就是亡靈日。

鼠弟說：我當然沒看過，我在這裡沒親沒故的。不過我相信有鬼，我來的珊帕羅島上，聽說鬼有時候會從海上沉船的地方冒出來。他們超級悲傷，跑到村子裡，在你門前哭一整晚。不過我能知道什麼呢？我又沒看過這類的事。

我們四周的花棚愈來愈密，棚裡滿是鮮花，花香濃得幾乎能讓人浮起來。商店裡擺著窩心的聖經短句、塑膠聖像、徽章和明信片。到處都有賣樂透的人揹著一疊疊彩券叫賣。之後，我們走到了蠟燭攤——好多好多蠟燭，有粗有細，有的細如手指頭，有得粗到拿不住。那後面是食物攤，生意興隆——我們三個沒吃早餐，又餓了，所以在那裡停下來吃點魚。

拉斐爾：我擦掉手臂上的血，然後嘉多說該計畫計畫了。我們翻開聖經，坐著邊吃邊讀，沒人找我們麻煩；在萬靈節裡讀聖經的，即使是街童，也不會讓人討厭。又吹起那種微風，風愈來愈強，卻還帶著濃濃的花香，我們感覺到那個怪颱風又朝我們而來，掀著帳篷。很難讓蠟燭一直亮著，所以很多人買了小瓶子。

我說：「**我們靜臥之處。**」然後抓抓腦袋。「我猜他是埋在這裡。這樣有道理嗎？」

我（嘉多）說：「他才不會埋在那。如果警察殺了他，他現在已經燒得一乾二淨，丟進垃圾裡了。還有，那些都是他死前寫的。」

說的沒錯，我們都同意他的話。可是我們也想，**如果埋在這裡的是他妻子呢？**那樣的話，**我們靜臥之處**指的可能就是家族墓地。所以我們決定那就是我們要找的。

換鼠弟：那時候我很難過，因為需要認字。我又不認識字，所以沒有用處。也沒辦法，所以我們吃完魚就開始行動，我拿著紙張和書，跟著走。

我說過，這裡是城裡最大的墓園。進了大門，就有向左右延伸的走道，蔓延好幾哩。我們很快就在墳墓、樹和紀念碑之間迷了路。墓園裡有矮樹叢和灌木，我們走著走著，不時有巨大的天使從枝葉後出現在你眼前。一臉寧靜的聖母望著遠方，哭泣的小耶穌釘在小十字架上，還有老大哥似的耶穌伸出手，望向天堂。我沒被那麼多聖人注視過，幾乎被從看著他們的那兩個小子身邊拉開。

搭起桌子，野餐開動。派對開始了，不久，拉斐爾和嘉多發現，他們不可能找到數百萬裡的一個名字。

拉斐爾說：「我們可以用問的。辦公室應該有名單……這樣做會很冒險嗎？」

「做什麼都會冒險。」嘉多東張西望，還是一臉難搞樣。「一直是這樣。」

這時候，我說我來。我說：「我可以假裝安傑利可太太幫過我，所以我來打個招呼。」

於是嘉多點了些我的錢給我——和馬可交易之後，就由他管錢了。他說：「買點花給她，這樣比較像真的。」

我就這麼辦了，結果花上至少三個小時。現場大排長龍，我又一直被往後推。我找一個警衛幫忙，他說他查記錄要二十塊——騙人的，不過我還是給了他。然後他就離開，花了幾百年的時間，一邊回答大家各式各樣的問題，所以我只好拿著花坐在那裡等，希望他沒完全忘了我。我拿到那張小紙條時，已經快傍晚了，嘉多還以為我溜去喝酒。

我對拉斐爾說：「B24/8。他說，『走到坡頂，找粉紅色的天使。』」

嘉多說：「天色慢慢暗了。黑嘛嘛的看得到粉紅色嗎？」

由拉斐爾帶路，他振奮起來，也準備好了。

換拉斐爾了。

夜晚是一天裡最熱鬧的時刻，所以這時候大家愈來愈興奮了。有人架起烤肉架，還有人在賣蛇肉。我們四周都是穿著高級服飾的有錢人，相較之下，我們覺得自己更灰白、更骯髒，但沒辦法，並且還是沒人擔心我們——似乎根本沒人注意到我們，好像我們才是鬼似的。

二十分鐘後，我們來到坡頂。

我看到好多天使，光線太暗了，完全看不出哪個是粉紅色的，我正想罵警衛浪費我們時間——這時嘉多看到有個大理石做的天使在貨車大小的墓上。那個天使在燭光下跟鮭魚一樣粉紅，天使俯望著城市，高舉雙手，好像剛進球得分一樣。周圍坐了一個大家庭在那玩牌，到處都是白蘭地酒瓶，又有些人到了，人們彼此擁抱。

我們任他們去同樂，自己在附近的墓塚之間晃進晃出，想不通B24/8是什麼意思，一邊找著「安傑利可」這個名字，可是什麼也沒找到。

不久天色完全暗下來，我們看不到名字了。於是只好回到粉紅天使那裡，爬上旁邊一道牆，想著該怎麼辦才好。

就在那時，我們看到了**最明亮的光**。

2

拉斐爾、嘉多和洪洪（鼠弟）：

我們找錯地方了，拿了我們錢的那個笨警衛一定以為我們對墓園很熟，所以沒特別解釋，也可能是懶得解釋。其實，墓地用一道牆區分——就是我們屁股下那道牆。牆分開了高級區和貧民區；高級區的死人埋在地裡，貧民區的堆在箱子裡。

我們浪費了整天的時間在高級區裡走來走去，結果卻應該在牆的另一邊。最明亮的光是墓園的窮人區，人們下班後湧進來，數千根蠟燭聚在一起。亮得像白天一樣，像火爐一樣，而人們走向他們親愛的家人，蠟燭像大河一樣流動。下面那裡好像一座城鎮，墳墓之間都有窄路穿過。

B24/8就是水泥箱的編號。

拉斐爾：我記得嘉多看著我微笑，然後鼠弟抱了我一下；我們又解開謎題了。我們跳下去，來到通往另一邊的殘破門口。我們一下子就在燭光裡看到一堆墓堆高處有個指標。上面寫的是G9，所以我們繼續走，試圖解出編號的規則。

那兒真的像一個城鎮；有人住在墓園的這塊地方——在這裡有房子。墓室後面建了破爛的小屋。頂上也有小木屋——有茅舍和一點塑膠蓋的，要爬梯子才能上去。我們看到孩子拉著風箏在上面跑，讓風箏飛進颱風的微風圈裡。那裡有好多人，我又想起我阿姨的話：哪兒都能住人。

我們經過一大堆墓。

最可憐的是敞開（被打開）的墓，大家都知道那故事，我發現自己別過頭。每個水泥小洞，每五年都要收家人兩千五，知道嗎？墓室沒辦法用買的——只能租。過了五年要再付錢，不然墓室就被收回去了。有些人搬走了，或是把錢花掉了，有時就是沒付錢——那會怎樣呢？這時長柄錘就來啦。他們打破密封，把屍體弄出來。墓園有一區就是舊屍骨被丟棄的地方，屍骨在垃圾間腐爛。某人的孩子或某人的阿嬤，就像死狗一樣丟在垃圾堆上。空洞的洞讓我害怕，世上沒有比那更悲慘了，慘到我不忍心看。有時候，他們把屍體留在那裡幾星期，希望有人認領，我想，誰也不喜歡把人那樣丟掉吧。

換嘉多了。

我慢慢弄懂了。

我帶著他們從後面繞過去，跟蹲在墓堆上的一些孩子說話。他們伸手指指，我們找到編號D的路徑，然後是C，然後是B，接著我們沿著路徑走，邊走邊數——15，20，然後是22。往上四個墓，她就在那兒，我們找到了：我們認出一個小石碑上刻著荷西・安傑利可之妻，瑪莉亞・安傑利可。名字下的字太小了，我和拉斐爾只好爬上去靠近看。寫的是最明亮的光，我感到一陣寒意，我們是跟著這句解釋來的，也看到了最明亮的光，一切都湊到一塊兒——我們接近結局了。字旁邊是之前點的蠟燭燻黑的痕跡。拉斐爾念給鼠弟聽，結果因為到處都是人，大家都在喝酒，笑聲不斷，所以他得用喊的。我看著下面的水泥箱，也大喊了：

「艾拉迪歐・『喬』・安傑利可，我乖巧的兒子。」

拉斐爾抓住我，說：「就是這裡！這是他兒子。」

我說：「我知道。」想也知道。不過我還在想……要找什麼呢？我們已經找到這家可憐人的墓——現在還重要嗎？這個可憐人，我們在垃圾場找到皮夾時，第一次看到他的臉……他失去了老婆小孩，而我們還到處探聽，找他的錢？他不可能把錢藏在這裡的。

我說：「就是這裡。可是他不可能把錢放在墓裡。」

「我也覺得。」鼠弟說。「他怎麼可能做出這種事？」

「那邊那個呢？」拉斐爾抬起頭說。「也是他家人嗎？」

他看著那男人妻子墓上的墓碑，我得爬高一點才看得到那塊。那塊又新又乾淨，光線很差，字更難讀，所以鼠弟把蠟燭遞上來給我，拉斐爾幫著我，我慢慢讀出來。

「種子。」我說。「又寫到種子的事……然後寫說：要收……穫了。我的。孩子。……然後不太清楚，我看不懂。」

接著我們異口同聲地說：「成了。」

「成了。」我說。「成了。愛與……希望。再來是一個名字——小小的名字。」

我用手指摸索。

換拉斐爾了。

石頭上的名字是琵亞，然後我們又認出丹特。琵亞·丹特。我低頭看鼠弟。「天啊。」我好難過。「是那個小女孩。」

我想起那張照片，想起眼神迷惑的小女學生，心裡好難過。我們都以為她還活著，至少還抱著希望。

鼠弟說：「老天，他什麼都沒了……」

我說：「他送她去學校。報上說的。」

「信上也寫了。」嘉多說。「就是給歐隆德里茲的那封信。如果您拿到這封信，就表示我被抓了。請務必尋找我的女兒——用上您所有的影響力；我很擔心瑟亞．丹特。」

我們沉默了一會，然後我跳下去。

「現在怎麼辦？」我說。「我們是要在這裡找什麼？要怎樣？」

嘉多說：「不曉得。」

我說：「找訊息嗎？找其他的訊息……」

「哪裡呢？」鼠弟說。「他可能把訊息藏在哪？」

我們東張西望，覺得可能有封信或是別的線索——可是感覺沒什麼希望——好像走進了死胡同。

嘉多又發起脾氣來：「我們都辛苦了這麼久，一定有什麼東西！」

鼠弟說：「啥也沒有。要去哪裡找，找什麼呢？我覺得他還來不及做什麼，就被抓走殺掉了。」

「還是警察來過拿走了？」我說。「也許他們用別的方法追蹤到了。」

嘉多又坐下來，說：「為什麼這麼瘋狂啊？」

我坐到他身邊，我們想了又想，可是根本沒得好想。這時候，旁邊來了一大家子，帶著一堆蠟燭和鍋子擁進墳墓間，我們只好跑到走道對面，找了高一點、安靜一點的地方待著。

「聽著。」我沒辦法不去想。「如果他有那些錢……如果他拿了錢跑掉了——然後真的有滿滿一冰箱的錢……你覺得他會把錢埋在這裡，和他老婆小孩埋在一起嗎？他怎麼會做這種事？」

「為了之後再來拿。」鼠弟說。「不會有人撬開租用的墓室，對吧？」

「警察就會。」嘉多說。「即使只有一點懷疑也一樣。所以才要用密碼。即使警察拿到我們手上的信，像我們一樣，去監獄見了蓋布瑞先生……他也不可能說出聖經和書籍密碼的事。所以他們不可能查到這麼多。」他微笑了，說出我們都知道的事：「他很聰明。」

鼠弟說：「ＯＫ。所以荷西．安傑利可知道他可以相信蓋布瑞．歐隆德里茲。蓋布瑞就像……那筆錢的守護者。沒有他，就不可能找到那筆錢。即使錢就在那裡面。」

我說：「你覺得在裡面嗎？」

「就在其中一個。」嘉多說。「大概吧。」

「你想打破三個墓嗎？」我說。我想都不敢想。我知道我下不了手。

嘉多站了起來。他來回踱步，我發現他想得太賣力了，連眼睛都瞪突了，愈來愈激動。「不可能！」他說。「一般人不會這樣，對吧？不會撬開家人的墓！那空的呢？也許附近有空的墓……」

我們東張西望，的確有幾個空的。看得見裡面有像垃圾的東西，也許是骨頭。誰會想撿裡面的東西啊？至少可以確定，誰也不會把重要的東西放在裡面。嘉多真的開始失去鎮靜了，我知道為什麼——我們忙了這麼大一圈，給警察緊盯著——他幾乎被逮到，奮戰了一番才逃掉……到頭來卻是一場空？他望著我，說：「拉斐爾，我們該怎麼辦？」我不知道。我只能看著他，而鼠弟來回看著我們倆。

這時候，我們聽到嘎吱的聲音。

有個細小的聲音從上面叫著我們，幾乎給風吹走了。但我們聽到聲音，抬頭看到一個好小的小女生。

她說：「你們在找什麼？」

3

拉斐爾、嘉多和洪洪（鼠弟）：

她就坐在墓室上比我們高的位置，俯看著我們。我說過了，她好瘦小，而且上面蠟燭比較少，所以不容易看到她。她有一頭長長的黑髮，兩手放在膝上，耐心地坐在那裡。一身學校制服。

鼠弟說：「妳說什麼？」

小女生說：「你們在找誰？」

拉斐爾說：「荷西・安傑利可。」

小孩說：「我想他不會來了。」

我們一時間不曉得該說什麼，然後嘉多說：「他有說他會來嗎？什麼時候的事？」

我們都仰頭盯著她，而她動也不動地看著我們。微風吹起她的頭髮，但她靜得就像一尊小雕像。

她輕聲說：「大概一星期前。我一直在等他。」

嘉多說：「我也覺得他不會來了——妳要不要下來？」

「妳叫什麼名字？」鼠弟溫柔地說。「妳在找什麼？」

「我沒在找什麼。」她說。「我只是來這裡找他而已。」

「可是妳住哪裡？」

「這裡。現在不曉得了。」

「自己一個人嗎？親愛的，妳叫什麼名字？」

「琵亞．丹特。」她說。「我叫琵亞．丹特．安傑利可，我在等我爸，荷西．安傑利可。」

現在我（拉斐爾）只用我的角度說，不說他們兩個的事；那時我全身一僵，差點倒下去。我聽到鼠弟猛吸一口氣，倒退一步。她的頭髮還在風裡飄，看起來再實在不過了，聲音是小孩的聲音……可是我的第一個念頭是，我們親眼看過她的墓，這下子一定是在和鬼說話了。

那孩子望向對面B24/8的墓——就是有她名字、墓碑全新的墓。

而她在亡靈日等她死去的父親。
這是什麼樣的奇蹟啊？

4

拉斐爾、嘉多和洪洪（鼠弟）：

她當然不是鬼，我們聚到一起，協助她爬了下來。她太小了，鼠弟只好上去幫她——我們決定快點把她弄出來。事情變得好詭異，我們立刻想到同一件事，可是我們得離開一下。小琵亞太虛弱，幾乎站不起來，我們這才想到，大家都沒有好好吃東西，然後我們想，**都已經跑這麼遠了——警察不會追我們追到這裡——我們不能用點時間思考一下嗎？**

嘉多數數錢，我們的錢不多了——荷包裡只剩幾百塊，可是我們都需要吃東西——尤其是小琵亞。告訴你喔，她摸起來根本是皮包骨，全身髒兮兮——好難聞。我們就這麼走出墓園，我們太需要吃東西了，不如就吃吧，於是找了一間破屋子，吃了雞肉和飯。我們已經跟著線索追到底了，一定是的，而在那時候（在我們討論之前），我們就已經知道發生了什麼事，我們愈來愈興奮、害怕又緊張。冒著冷汗——

好像發燒一樣。

鼠弟和琵亞的個子幾乎一樣大，他比我和嘉多更看得出她狀況很差。他以前曾經和她一樣挨餓過，也曾經怕得六神無主，所以他知道該怎麼辦。他用肉汁拌到飯裡餵她，讓她很慢很慢地吃。他替她拿水來，逼她喝，然後替她找了點香蕉，切成小小塊，好像她是小寶寶一樣。某個角度來說，她的確是小寶寶。她很害怕，又虛弱到不知道該怎麼辦，我們現在還是覺得是鼠弟救了她一命。

她跟我們說，她為了見她父親，在納拉沃待了一星期。

她弟弟和她母親都在那裡，所以他們常常一起去那裡。

之前有些小孩找到她，帶她去一間破屋子——餵她吃一點東西，問她問題。但她一直跑回母親的墳墓等候著，由於個子不夠高，她看不到上面墓上自己的名字——即使看到了，也不懂那是什麼意思——她從來沒提起這件事。他父親通知她來見他，照顧她的人把她帶去，讓她留在那裡。他們一定讀到他死掉的事，知道不會再拿到報酬了，所以直接甩掉她。

琵亞．丹特無依無靠了。

嘉多：我們跟小吃店的一個男生談過，花五十元在後面給她一個空間過夜，鼠弟幫她躺下，怕颱風的風對小孩來說太冷，所以多拿了條毯子。我看著他把她的頭髮撥出來，把她緊緊包在毯子裡，跟她說話，保證我們會回來照顧她。然後他走向我和拉斐爾——他哭了。我寫下來，是因為我覺得很重要——我們只看過鼠弟哭這麼一次。

我們都知道該把這事研究徹底，完成最後的計畫。我們點了茶，而我（嘉多）花七十塊買了一瓶白蘭地，我要大家都乾三杯，因為在我們面前的是最困難的工作，不過計畫太清楚明白，也不可能完全脫離掌握，所以就像自由落體一樣。三杯也夠了，接下來那一步，我們得有足夠的勇氣——甚至比親如兄弟的朋友拉斐爾在警察局更勇敢——萬靈夜午夜過後，亡靈又孤單了，鬼魂會變得悲傷，所以那時不會有人到墳墓間。可是我們知道我們非去不可——毫無疑問——只有那時才能做我們要做的事。能怪我們灌酒嗎？

我說：「我們需要一些工具。」於是我們列出需要的東西。

拉斐爾說：「我們還需要想辦法離開。」於是我們規畫了離開的路線。

我說：「六百萬看起來是什麼樣子？」我想我已經受到白蘭地的影響，開始微笑了。大家都一樣，我們哈哈笑著——感覺有一陣子了，這是我們第一次大笑。知道嗎？那時候我們就知道那不屬於我們——也不可能變成我們的。我們知道我們只要一點點，也知道我們很接近謎底了，周圍的空氣嗡嗡作響，彷彿鬼魂就在我們頭上！真的在那裡的話，有那麼多錢——六百萬呢。跟你保證，我們都知道那不屬於我們，我們一點也不會多拿。

我們分頭找工具，約好盡快在墓那裡集合。不用說，大家都知道：我們得回去打破石板，進到墓室裡去。我確定我們雖然幾乎一字不提，但大家都同意。拉斐爾去找了一個袋子和一把便宜的小爛刀。我去搜括墓園接近沼澤和海邊那裡破屋下的封網；找到一根結實的牆頭釘。原來是用來拴某人的船，於是我靜悄悄地把船拴到木樁上，拿走鐵釘。鼠弟找來繩子和一塊塑膠布，我們要的東西都齊了。我跟拉斐爾說：「動作要快——一旦開始就不能停手。」然後大家彼此抱了抱。

換我拉斐爾。我跟嘉多說：「到時候會很吵。得快一點，知道嗎？」我們喝完白蘭地，感覺比較有力氣，也比較舒服了。

我們爬上小琵亞的墓室。我覺得那裡到處都是好兄弟在旁觀。拉斐爾拿著鐵釘，鼠弟傳了塊石頭上來。

再換嘉多。

颱風愈來愈靠近，風又強又冷，所有人都離開了，蠟燭幾乎都被吹熄，而風糾纏著我們——我沒穿上衣，感覺得到颱風就在海上。我發誓，我可以感覺到他們，那些鬼魂還在我身邊，睜著機警的眼睛看著我。到處都有死去的男人、死去的孩子和母親——我幾乎看得到他們，他們看呀看，所以我不想抬頭。

石頭大小剛好，拿起來很稱手。拉斐爾把鐵釘固定在角落，我仰起上身，奮力一擊。鐵釘滑開了，發出咚的一聲——聲音真實、低沉但平板。我猜因為密封太新，還沒有完全結硬，不過第二擊，就把墓碑打了進去，垮掉裂成三半，一塊就掉到鼠弟腳邊，他嚇得往後一跳。然後他拿著繩子和蠟燭爬上來，爬到我對面，而我們把蠟燭牢牢點在墓穴裡風吹不到的地方。

空氣渾濁，但沒有不好的味道。那裡有個潔白無比的棺材（小孩用的），我想，大家都怕了。棺材上積了一層灰，上面的花死透了——除此之外，一切都是新鮮的。沒什麼味道——大家會把死掉的東西丟到垃圾場，所以我們都知道死掉的東西聞起來是什麼樣子。我們有一次還發現死掉的小孩，當面聞過以後，那種獨特的味道絕不會聞錯。

我們把其他的墓碑碎塊丟下去，小心地把棺材拿出來。

交回我拉斐爾來講。就像嘉多說的，風愈來愈大，讓我們想再加快動作。鼠弟用繩子繞著棺材，然後我們把棺材滑出去的時候，他擠進洞裡，牢牢穩住身子，好把棺材降下來，因為木箱裝了六百萬……跟你說，如果箱裡真的有，裝在箱子裡的六百萬可重了——別忘了，我們還不確定是不是真的。我們只是認定是如此，不過棺材果真很沉，感覺像裡面真的有那麼多錢。我們把棺材放到地上，雖然我們都說動作要快，但我們非得當下就在那裡看看裡面是什麼不可。

小刀是我們的螺絲起子。上蓋有八根螺絲固定，抬起棺材上蓋的時候，我知道……半夜在墓園裡，都會想到世上那些邪惡的事——可是我覺得我們三個心知肚明，所以就這麼卸下螺絲，抬起蓋子，就像嘉多說的，鬼魂在我們四周旁觀。

親愛的上帝啊，錢就在那裡。

錢就在那裡。整整齊齊地塞在裡面，好像箱子是做來放錢的一樣。

知道六百萬看起來是什麼樣子嗎？我跟你說說看。

我坐在六百萬旁邊，對我來說，六百萬看起來像吃的喝的，好像能改變我的生命——有辦法永遠離開這城市。六百萬看起來像改變，像未來。我不知道看起來是什麼樣子。我們呆呆看了一會，誰也沒開口。我們做好了計畫，但計畫還沒完成，我們之中沒人突然覺得**我們就把錢全部留下吧**——甚至沒人建議要改變最後一部分的計畫。

我們知道錢不是我們的，因為我雖然沒見過蓋布瑞．歐隆德里茲那個男人——但照嘉多跟我們說的，我知道他是好人，完完全全的好人。那時是萬靈夜，而我希望、我相信他就在場，站在鬼群的前排！就和我們在一起。我想，他一直和我們在一起（希望是和荷西．安傑利可手牽手一塊兒），從頭到尾都和我們同在。

5

我是小洪——不叫鼠弟了。我的名字是洪洪。

他們把故事的最後一部分交給我——我猜是因為最後這部分是我的主意。他們一直在爭論——嘉多老是說是他的主意，因為我們之中只有他見過蓋布瑞先生，可是知道該怎麼進行的是我——而我們的確是在曾是我家（或是我家上面）的地方完成的。

而且拉斐爾說了故事的第一部分，我想他知道我們一起說會比較好，畢竟我們現在是夥伴了。到頭來誰會在乎呢？重點是我們一起完成，誰在乎誰做了什麼？

我們之前徹底談過了，一直問著同個問題：六百萬美金能做什麼？要怎麼花六百萬？或是我們三個要怎麼做？隔天早上去銀行排隊，要求把錢存進保險櫃裡嗎？把錢埋到別的地方嗎？

我們只知道一件事——一旦拿到錢，錢就可能被搶走——我們連留下一百萬都沒機會吧。所以我說，我們應該把錢帶去畢哈拉，放到垃圾裡，誰找到都好。

或許是白蘭地的關係，但我記得男生聽了都笑我，然後笑著彼此。

我們把錢從棺材裡倒進袋子和塑膠布裡。那是荷西・安傑利可的錢，是參議員副總統黑心偷他自己人民的錢。我們把袋子和塑膠布捆起來，揹到背上。我們怕大門有人守著，所以揹著錢翻過牆——城裡每一道關口都有人守著……我們中途當然去接了琵亞，她昏昏欲睡，我只好揹著她，所以嘉多揹了一袋，拉斐爾揹另一袋——我們走進風中，這時的風不斷增強，呼嘯颳過街道，迎面帶著垃圾翻滾而過。

我們碰到了什麼人？除了一小群輪夜班的拾荒小男生推著腳踏貨車到處搜揀，我們還能碰到誰？嘉多拿了張鈔票給他們看，鈔票就像符咒一樣。半分鐘後，我們的袋子都裝進了貨車，琵亞坐到橫桿上，我們踩著貨車滑過街道，大家都抓著貨車唱歌。誰會攔下晚上鬼混的髒兮兮拾荒小孩？我們經過一輛停在十字路口旁的警車，甚至朝他們揮手。那時已經清晨，我們一路順風，航過雕像和寂靜的辦公大樓，直到找到爬上垃圾場的路。我們把琵亞放在座位上，其他人下車推，盡可能跑快一點，所以她也笑了。

沒有警車，什麼也沒有——但我們還是不敢冒險，跟腳踏貨車的男孩道別後，我們靠著邊邊沿著溝渠溜上去。

我的第一要務是學校——教會學校。所以我拿了一大把鈔票，塞到上衣裡，完全照嘉多跟我說的計畫做。我溜過轉角，從欄杆間鑽進去。看來我的老密友朱利亞神父啊——您還是沒修好欄杆，我還是鑽得進去；或許您希望我會回去吧——開玩笑的。我把錢放在桌上，抓支筆，又寫上我的名字，字黑黑大大的——旁邊我只想到能畫上花，所以我盡快畫了一束盛開綻放的花給您。然後我又想到一個妙點子，誰知道呢，這點子也許又一次救了我們一命。嘉多說我只會吹牛邀功——我們一直都有不錯的主意，不過這點子太天才了，不然我們早上怎麼能混入人群？

我不知道是怎麼想到的——我想，我們都得一直預先計畫，提防萬一吧，不然就是蓋布瑞和荷西直到那時都還和我們同在——也許他們也和我們一起推了那輛腳踏貨車。也可能只是因為我看到壁櫥，不曉得。我要說的是，這裡是朱利亞神父的辦公室，辦公室裡有裝滿各種東西的壁櫥，其中有個是裝著一些不得了的學校制服的儲藏櫃。

塞滿小襯衫和短褲！是幾年前某個慈善義工捐贈的，大概覺得小孩都應該看起來一樣，像標準的學童吧——可是大家從來沒穿過。應該是為了讓我們感覺起來像是真正的學校吧，這種人送了大約一百件白襯衫、一百件藍短褲和一百件小洋裝。裝成一袋袋的，還有小孩的便鞋。還有背包——就是小孩放課本的包包，可是這裡根本沒有書！除了垃圾，孩子還能揹什麼？背包上都用粗體大大寫著捐贈者的名字，以免人家忘記誰這麼好心。

所以我每樣都抓了一堆，全塞到欄杆外。然後我就跟著爬下東西掉的地方，大家根本不用開口——我們知道我們要去哪。

我們先打開四個書包，把鈔票塞進去。書包塞滿之後，拉緊拉鍊。

還剩下大部分的錢，我們拿掉所有紙紮（就是把一疊百元鈔束成一萬元一束的紙紮）。風已經把錢吹得到處飛了，我們把錢收進塑膠布和袋子裡，再捆住。跟你說喔，垃圾場這時在風中活了起來。灰塵和砂石滿天飛，小片的垃圾飛旋打轉。塑膠屋頂也啪啪作響，一些金屬板砰砰響著。碼頭起重機更遠的地方，天空有一點亮了——可是還沒有人出來——也可能沒人看見我們。天亮前，鬼魂道別溜走之前，我們大概還有十到十五分鐘。所以我們把那些東西都拖到我的老家，就是破舊的大輸送帶，十四號輸送帶那裡——那輸送帶什麼也不做，只是指向天空。

沒有，我沒下去看我的老鼠朋友！琵亞和衣服、袋子待在下面，仰望著我們。我先拿著繩子一端爬上去，然後拉動繩子。嘉多和拉斐爾接著爬上來，分攤重量，而我往上爬呀爬。風愈來愈強，我的上衣啪啪拍打——輸送帶的骨架在搖晃，我感覺好像在船上。我們把第一包錢弄到頂上，就弄到頂上，我可以清楚俯看畢哈拉和整座城，遠一點還可以看到大海！然後拉斐爾爬到我身邊，喊著他有多開心，他朝著風裡喊，然後我們扶住對方，放聲吼叫。我們抓了一把把錢撒向天上。鈔票撒出去打轉，成了鈔票的風暴。後來，聽說泰瑞絲颱風從中國南部全速逼進，隔天會下豪雨。這時候，風捲起我們丟出的鈔票，把錢吹高吹散，讓錢飛旋過大地。

我的手臂很快就發疼了。

拉斐爾不再喊叫，只能抱著支架累癱在那邊。下一包的速度比較慢，等那包輕了一點，嘉多也爬了上來，爬到輸送帶頂上，他的手臂比較結實，幫我們丟了剩下的錢。嘉多來的時候，風勢更強勁了，我們都抱著輸送帶！這是場颶風，鈔票颶風。我們大概把五百五十萬丟向垃圾場，強風把這些錢吹到我們整個美麗又糟糕的大城鎮上。

錢的最下面，我們發現了什麼呢？我們發現了和鈔票一起倒進來的另一封信。信是荷西．安傑利可寫的，於是嘉多把信塞進他衣服裡。我們丟掉塑膠布，慢慢爬下去，頭都昏了。

琵亞在背包旁邊等我們。她已經拆開衣服，把塑膠袋收成一堆，坐在塑膠袋上。我們換了衣服，在學校的水龍頭那裡洗過臉。然後就出發離開畢哈拉了。

真想看看。我真想留下來看看早上第一個拾荒男孩鉤起東西時，會發生什麼事——鉤起的不是濕都帕，而是百元鈔票。但嘉多很堅持——而我已經知道不要和嘉多唱反調，至少不要當面唱反調。

拉斐爾想道別，看得出他要走卻捨不得。話說回來，嘉多也一樣。到頭來，我想他們都知道，還是不告而別比較容易——他們別無選擇。我看著嘉多一手摟著拉斐爾，帶他離開。

他說我們要趕火車，於是我們就出發趕火車去了。

6

拉斐爾、嘉多、洪洪、琵亞。

我們一起寫最後一章。

朱利亞神父和奧莉維亞姊妹，謝謝你們。葛蕾斯，謝謝妳。貢斯先生，謝謝你。你們幫我們說了我們的故事。我們現在講到尾聲，幾乎到了我們開始的地方——只要趕火車就好……

火車在畢哈拉南方的彎道安安全全地慢下來，我們搭上了車。沒錯，我們只是要上學的三個小男生和一個小女生，爬進窗戶，坐到位置上。火車上一開始人不多，但中央車站上來了一堆孩子，大部分打扮得和我們差不多，而我們用剩下的披索買了票。

我們和那些小孩一樣也揹著書包。只不過他們揹的是書，我們揹的是美金。他們不久就下車去學校了，而我們繼續坐下去。

到珊帕羅很遠，但我們知道我們會到達那裡。火車載著我們過了夜，天亮前把我們放在渡船頭。我們花了九個小時渡海，來到一個叫巴頓堡的小地方。然後我們搭上公車，來到東岸。我們從那裡搭人力腳踏車到突堤，另一艘小船載我們離開，來到海水顏色改變的地方——那裡的深藍綠色清可見底。那裡是天堂。

最後，我們終於踏上海灘，開始用走的。

是啊，只要走得夠遠，大地就會變成細軟的沙，現在我們身處在比創世紀還美的地方。

那是一段時間以前的事了。後來，我們買了幾艘小船，學會捕魚。現在不用再隱瞞了，就跟你們說實話吧。從此以後，我們會永遠捕魚，快快樂樂地生活。這是我們的計畫，誰也不能阻止我們。

附錄

荷西・安傑利可的信。

敬啟者：

在寫這封信的時候，我知道如果這封信落入別人手裡，我不是已經沒命，就是活不久了。我拿走這筆錢，是希望能物歸原主，對此我自有計畫。但我寫這封信時，已經死定了吧；他們不可能抓到我，還留我活口。

我女兒是琵亞・丹特・安傑利可，她現在在世上無依無靠了。或許可以請你確保她安全、幫助她？她和他們一樣，都是無辜的；我知道我背棄了她。琵亞，如果妳有機會看到這封信，要知道，我的任務很簡單，而我做的事，是為了妳和妳這樣的孩子。打從我認識蓋布瑞・歐隆德里茲先生那天起，便燃起了一把火；而我那時還是個小男孩。他點燃過許多火花，也點燃了我的火花。他教了我很多事，最重要的是讓我知道薩潘塔參議員的惡行（也就是他揭露並因而入獄的惡行），實在罪大惡極——薩潘塔參議員阻礙了一個國家的發展。他阻礙了國家進步。更糟的是，他讓其他國家有理由不再援助我們。他拿走了幾百萬原本可能援助我們卻因而不再援助的錢，有多少個百萬呢？更有甚者——他等於向其他政客、官吏、老師、店長、鄰人保證，可以靠偷竊發達，而踩著窮人的臉步步高升，是自然法則。即使窮人也深信不疑，所以我們才永遠貧窮。

琵亞，我等累了。聖馬太說過，「叩門，就給你們開門」——這對上帝或許沒錯，可是對凡人卻不然。我看過鎖和鍊條。孩子，門上還有封條啊。在我們的一生中，那些門永遠不會打開。所以我才投身薩潘塔參議員家幫傭，希望有朝一日他能半掩著門，讓我通過。

在他開門之前，我等了很多年，就讓我揭開祕密，告訴你發生了什麼事吧。讓你知道搶那些搶了我們的人，有多容易。

薩潘塔參議員的腦袋古板又膽小。他臉上掛的是假笑，骨子裡根本一天到晚都在憂心。差勁的買賣害他賠錢，而且他厭惡銀行。他父親因為一家銀行倒閉，而損失不少錢；因此薩潘塔參議員只相信現金。於是他在家中地下室建了一個金庫，將犯罪所得的髒錢都藏在地下。

他會把金庫裡的錢挪到樓上較小的保險櫃，只搬動小數目，主金庫大門深鎖，需要一把鑰匙和一組數字才能開啟。我是怎麼知道的呢？因為他把這兩樣都託付給我了。沒人能信任的日子不好過，令人疲倦。琵亞，他會開始信任我，是因為他覺得我頭腦簡單得溫馴而討喜。我這些年間任勞任怨，面帶微笑，聽從指示。我花了一輩子唯唯諾諾，服侍、協助、滿足他的需求——從來沒派給我太重大的工作，而所有工作都一一達成。因此，我受到重用，得以接近他身邊。薩潘塔參議員只信任我一個，我成為他身邊不可或缺的角色。

八年前，他帶我下到金庫。那道是金屬門，非常沉重，靠輪子移動。金庫裡有上鎖的箱子，不過現金則成捆地堆在架子上。一捆捆鈔票來來去去。他跟我說，他喜歡在這裡留六百萬，六百萬正好擺滿整個架子。鈔票短少的時候，他就會從銀行挪錢來，於是就會送來一個公事包。剛開始，他每次都帶我下去。之後——三年後的某一天，他把鑰匙和那組數字給了我，派我一個人下去拿。當然每次去過，他就會更動密碼——所以我每次去金庫，還是必須得到允許。後來我發現他只用五組數字。他有五個兒子，所以用的是兒子的生日。他覺得我太笨，記不起密碼，而他知道只要鑰匙不離開那間屋子，就做不了備份。他想也想不到我在房裡做筆記，背下密碼，也研究出數字的規律。琵亞，我怕有人查到，所以把筆記在廚房的爐子上燒了。這是我跟蓋布瑞．歐隆德里茲學的，我記下筆記，馬上就燒掉。

鑰匙的事，當然正如他說的，不過，又是老樣子，他沒想到他的僕人會畫下鑰匙的樣子，把畫拿給城裡另一個鎖匠。他沒想到男僕會回來，找機會試複製品，記下不合的地方，小心地畫修正版，把紙揉成垃圾一樣，再把東西偷偷帶出來。他從來沒想過，我和我待在牢裡的祖父一樣，有多年時間思索計畫——我，荷西．安傑利可，花了幾年，而不是幾天、幾小時思索。我試了十六次，才把備份鑰匙做對。然後就是等待恰當的條件組合。薩潘塔參議員宣布要去歐洲三個月時，這下時機來了。宅裡的職員縮減。公告要整修幾間房間，重新布置——所以會有很多人來。我開始擔心僕人廚房的冰箱，把恆溫器弄壞兩次又修好。有人建議我們找人來修理，我告訴朋友，我沒耐性了，我會用我的薪水，自己買一台。管家保證她會盡可能報公帳，但我告訴她，在這個炎熱的國家，我們需要可靠的冰箱，所以我不肯再等。

管家信任我。警衛信任我。我最擔心的是，我把冰箱裝滿錢之後，會在大門口被擋下來搜查——當然都是例行公事了。但我是荷西．安傑利可，有適當的文件，而且整個早上都有送貨車來來去去，我把那東西包在塑膠布裡捆起來，準備運送。我們大搖大擺開過去。

那錢是怎麼從金庫到冰箱的呢？總共跑了兩趟。我選了星期四進行，那天我會把全家的垃圾集中，等垃圾車來載。看到男僕把兩個、三個或四個笨重的垃圾袋拖來拖去，誰也不會起疑——尤其當時建築工人正在工作，一團混亂。薩潘塔參議員發現六百萬美元多麼容易消失時，希望他會跪倒在地上哭嚎。切記啊，琵亞——切記啊，參議員——不論別人怎麼說，我都不是賊。我只是拿回我們的錢，而我要把錢放進這個棺材裡了。

當然我也設計了另一條路線；如果你是循著這條路來的，表示你一定得到歐隆德里茲的幫助——所以希望你是朋友。我給他的最後一封信放在一〇一號寄物櫃，因為一〇一是誰也無法抗拒的東西。信裡是只有他才了解的訊息。寄物櫃的鑰匙會安安全全地擺在我身上。

我好累。

孩子，我要把棺材放進刻上妳名字的墓裡。我打算想辦法把錢還給被偷的人。但若是有別人讀到的話，幾乎可確定我已經死了，而錢落入他們手裡，而我只能說：「注意，這筆錢是屬於窮人的。你不能阻止物歸原主。」

快到亡靈日了，真是剛好。琵亞．丹特，我們會再度相見，但那是在最明亮的光裡。

事情成了。

作者附註：書籍密碼是什麼？

這種密碼，我最早是在約翰．勒卡雷（JOhn le Carré）的書上讀到的。書上解釋這是種簡單的密碼，靠著兩人或多人持有同版本的書籍。舉例來說，如果我知道你有企鵝出版社一九七五年版的《火山下》（Under the Volcano），我就能拿出我自己那本，如此和你溝通：

234.15.1.3.3.7.4.16.4/8.2.6.15.5.3.16.2.3.4.19.16.

最重要的是第一個數字；這數字代表的是頁數。翻到那一頁之後，往下數十五行。第十五行往裡算一個字母，得到大寫的「B」。然後到第三行的第三個字母，得到一個「e」。接著如法炮製，最後得到了「Best」這個單字。接下來碰到斜線，代表到下一頁。往下八行，往裡算兩個字母，得到「w」，不久就拼出「wishes」這個單字。合起來是「祝福你」之意。

由此可知，斜線代表翻頁及新的一個單字。從左而右數字母，必須包括空白和標點符號。為了避免混淆，最好別用同一行——不過變化的方式無窮無盡，可以自訂適合的規則，要多複雜就多複雜。書籍密碼有趣之處，是可以完全自由創造。

只要曉得通信者用的是什麼書，就能破解密碼，可是沒書就不行。如果手上有一九八四年湯馬斯．尼爾森（Thomas Nelson）出版的新欽定版聖經，就能了解荷西．安傑利可用的密碼。蓋布瑞．歐隆德里茲有一本，而想給他祕密訊息的人也有。他們修改了密碼，改成從右到左，換頁是不往後翻頁，卻往前翻頁。我想，交換的訊息其實都不重要，只是為了轉譯密碼的趣味。不過荷西藉此隱瞞了他最重要的行蹤，同時也祈求了他的上帝。

940.4.18.13.14./5.3.6.4./9.1.12.10.3.3./12.9.2.3.25.32./
6.1.6.2.1.11./3.3.3.2.1.6.15.5.1.6/5.11.1.6./2.4.5.2.5.4./3.1.4.1.4.1
.13.28/2.16.4.7.7.1./5.9.11.2.5.6./2.7.6.2.7.2.21.7.7.3.7.5.1.2.1.1.
7.5./16.3.7.9.12.6.4.3.5.1./1.4.11.3./2.6.3.1.1.2.1.9.1.4.

誌謝

我對珍・特恩布和喬滿懷感激，沒有他們，本書不可能付梓。也感謝我家人和幾位好友，尤其謝謝珍・費雪的支持，也謝謝麥克・赫姆斯里給了我靈感，激發本書的劇情。

我寫這本書的時候，正在教馬尼拉英國學校——那是所很棒的學校，提供所有小孩有權接受、卻很少人得到的一切——感謝他們，也感謝我同事的善心。

我也要感謝大衛費克林圖書公司的琳達、哈娜、貝拉和大衛，還有克萊兒與整個藍燈書屋的團隊。肯、莎莉和珍妮一直以來都動力十足（今後也是）。

畢哈拉垃圾場大略以我住在馬尼拉時造訪過的一個地方為雛形。那裡的確有個學校，的確有永遠在垃圾上爬來爬去的小孩。來菲律賓的時候，一定要像奧莉維亞一樣。什麼都要見識見識，然後墜入愛河。

當然，本書的角色和劇情純屬虛構。

國家圖書館出版品預行編目資料

垃圾男孩 / 安迪・穆里根(Andy Mulligan)著;
周沛郁譯. — 初版. — 臺北市 :
大塊文化, 2012.06
面 ; 公分. — (to ; 76)
譯自 : TRASH

ISBN978-986-213-336-1 (平裝)

873.57 101006445

LOCUS

LOCUS

LOCUS

LOCUS